Hundeherz

Hiromi Itō

Hundeherz

Aus dem Japanischen und mit einem Nachwort
von Irmela Hijiya-Kirschnereit

Matthes & Seitz Berlin

Inhalt

KAPITEL 1

Hundeherz

Hundeherz

Ich sollte mich wohl beeilen mit dem Schreiben, bevor mich Take allein zurücklassen wird.

Take ist eine Deutsche Schäferhündin im reifen Alter von dreizehn Jahren. Und ich ein Mensch von sechsundfünfzig, als Hund wäre ich längst tot. Es ist fünfzehn Jahre her, dass ich mit meinen Kindern nach Südkalifornien gezogen bin, und eineinhalb Jahre später kam Take. Mit anderen Worten: Fast mein ganzes Leben hier habe ich mit diesem Hund verbracht.

Heute ging ich wieder mit Take im nahegelegenen Park spazieren. Dabei schlagen wir unwillkürlich immer denselben Weg ein. Die Strecke sind wir denkbar oft gegangen, seit sie klein war. Stur, wie wir beide sind, müssen wir den angefangenen Weg bis zum Ende gehen. Um sie zu entlasten, nehme ich in letzter Zeit das Auto für die Strecke zum Park und wieder zurück. Wir drehten also unsere Runde und kehrten zum Wagen zurück. Da merkte ich, der Schlüssel ist weg. Hatte ihn wohl unterwegs verloren. Als ich die Strecke zurückgehen wollte, wurde Take störrisch und bewegte sich nicht vom Fleck.

Take kehrt nicht gern um, sie nimmt auch nicht gern einen anderen Weg. Zudem war sie heute mehr gelaufen als sonst, ihre Gelenke müssen geknirscht haben. Ich kann Take nicht einfach hier stehen lassen, auch wenn ich weiß, dass Widerstand zwecklos ist. Also tat ich, was ich in solchen Situationen oft tue: Ich nahm ihr die Leine ab und ging los, ohne mich umzudrehen. Nun folgte sie mir widerwillig.

Take lässt mich nicht im Stich. Nie, egal, zu welcher Tageszeit, egal, wie fest sie an der Leine zieht und mich wissen lässt, da geht nichts – sobald ich ohne Leine loslaufe, hat sie keine andere Wahl, als mir zu folgen. Es ist der innere Hund, der sie dazu treibt. Dem Willen des Besitzers kann man sich widersetzen, das Hundeherz aber ist unbezwingbar.

Langsam, die Augen am Boden, trottete sie voran, getrieben von ihrer Hundenatur. Ich lief weiter und munterte sie auf: »Komm schon, Take, wir sind gleich da.«

Denselben Weg war ich schon vor dreizehn Jahren gegangen, damals mit rücksichtsvollem Blick, ob es das junge Hündchen schaffen könne. Tome, meine Jüngste, war fast drei Jahre alt, konnte aber noch nicht so lange am Stück laufen, also nahm ich den Buggy mit. Take war gerade erst, mit vier Monaten, bei uns eingezogen, ich war noch unsicher im Umgang mit ihr, und sie vertraute mir noch nicht ganz. Manchmal wollte auch ihre Welpenenergie explodieren. Wenn ich sie von der Leine ließ, lief sie weg und kam nicht mehr zurück. Wenn ich sie verfolgte, lief sie erst recht weiter. So schob ich auf meiner Verfolgungsjagd den Kinderwagen mit meinem Kleinkind darin in voller Fahrt durch die Gegend.

Eines Tages wurde Take auf halber Strecke müde. Sie sah mich mit traurigem Blick an, und als ich auf Japanisch fragte »Magst du einsteigen?«, nickte sie und kletterte ohne zu zögern auf den Wagen. Also nahm ich mein Kind auf den Arm und schob den Buggy mit dem Hund heim. Damals war sie richtig süß. Sie hatte große Ohren, die schön gerade hochstanden. Als sie erwachsen wurde, schrumpften ihre Ohren. Ach was, große Ohren können natürlich nicht wieder kleiner werden, es sah in ihrem jungen Gesicht, das klein und schmal war, nur so aus, als habe sie große Ohren. Als sie heranwuchs, wurde ihr Gesicht größer und die Ohren im Verhältnis dazu kleiner.

Dann wuchs Take zum Junghund heran. In dieser Zeit war es schwer, ihre Energie unter Kontrolle zu halten. Meine Aufgabe war es, morgens mit ihr spazieren zu gehen. Am Nachmittag war Sarako dran. Kurz nach der Umstellung auf Winterzeit wurde es rasch dunkel. Ich achtete immer sehr auf die Zeit für den Hundespaziergang im Winter.

Damals begannen wir mit dem Training. Dafür war Sarako, meine zweite Tochter, zuständig, aber sie war noch in der Junior High School und hatte weder Führerschein noch Geld, also war ich es natürlich, die

Take zu den Trainingskursen brachte und bezahlte. Und ich war es auch, die morgens mit ihr Gassi ging, sie fütterte und sie in allen Einzelheiten des Lebens unterwies.

Takes Hundeschule war ein vollwertiges Ausbildungszentrum, wo auch Polizeihunde trainiert wurden. Ein Deutscher Schäferhund kann aggressiv sein und braucht, um ihn unter Kontrolle zu halten, ein gründliches Gehorsamkeitstraining, heißt es, sowie ein Angriffstraining, um ihn zu stoppen, wenn er aggressiv wird. Also ließen Sarako und ich die Sache nicht schleifen, sondern fuhren jeden Samstag mit ihr zur Hundeschule. Anfangs klappte nicht mal der Befehl »Sitz!«. Sobald Sarako sich umdrehte, stand sie auf, wenn man sie rief, bockte sie und lief weg, versteckte sich manchmal hinter mir oder floh zurück in den Wagen. »Take will einfach nicht gehorchen, ich glaub, sie pubertiert«, meinte Sarako, die selber mitten in der Pubertät steckte, ein ums andere Mal mit weinerlicher Stimme. Nachdem sie diese Befehle beherrschte, machten wir fleißig allerlei fortgeschrittene Übungen mit ihr, zum Beispiel einen Bösewicht (einen Trainer mit Schutzkleidung) furchteinflößend anzubellen, den Bösewicht zu verfolgen und ihn auf Zuruf von Sarako anzugreifen oder den Angriff auf ihren Zuruf hin zu stoppen.

Das Belltraining hat sich immer dann als nützlich erwiesen, wenn wir Gäste hatten, und das Angriffstraining hat zumindest in einem Fall geholfen. Bei einem Spaziergang biss sie einen Parkwächter, der Sarako kontrollieren wollte. Wir Eltern gingen in den Park und entschuldigten uns, aber der Wachmann redete merkwürdig vage und verworren, und Sarako erzählte uns später, wie dieser Parkwächter sein Amt missbraucht hatte, indem er sie, ein Mädchen, das allein unterwegs war, verfolgte, belästigte und zum Weinen brachte. Take wurde von allen gelobt: »Gut so, du hast sie beschützt.«

Ein andermal hatte sie einen Elektriker gebissen, der zu Renovierungsarbeiten mit einer langen Messlatte ins Haus kam. Der Elektriker war ein Bösewicht, ein »Fremder«, ein »Mann mit einer Waffe« und ein »Eindringling«, so wie es ihr beigebracht worden war, also waren sich alle einig, dass es so kommen musste (der Elektriker war auch ein Hundehalter), und die Sache wurde beigelegt.

Damals war Take stark und groß und konnte alles. Mit mir ging sie im Park spazieren, aber wenn Sarako, Take und Tome rausgingen, machten sie alles Mögliche, zum Beispiel zu zweit auf dem Roller stehen und sich von Take den Hügel hinunterziehen lassen. Verletzungen gab's jede Menge, aber auch jede Menge Spaß.

Wenn die Freundinnen von Sarako und Tome mitkamen, weckte das in Take ihr über viele Generationen geprägtes Hundeherz, sie rannte umher und umkreiste die Mädchengruppe. Wann immer ein Kind aus der Gruppe ausscherte, rannte sie zu ihm und versuchte, es wieder zu den anderen zurückzubringen. Man konnte förmlich hören, wie sie zählte: »eins, zwei, drei. Eins, zwei, drei, oh, da fehlt ja eine!«

Das Rudel zusammenzuhalten und zu zählen, gehört zum Wesen von Schäferhunden. Ihr Stammbaum wurde Ende des 19. Jahrhunderts in Deutschland festgelegt. Es heißt, die Rasse entstand aus einer Mischung aus lokalen Schäferhunden und Wölfen. Im Ersten Weltkrieg wurden sie für militärische Zwecke eingesetzt, sie überraschten mit ihren Fähigkeiten und wurden anerkannt, und so verbreitete sich die Rasse über die ganze Welt, aber warum auch immer, in England heißt er Elsässer und nicht Deutscher Schäferhund.

In Hundebüchern wird er als stark, groß, klug, treu, gelehrig beschrieben, als geschickter Verteidiger und fähig, Home-Runs zu schlagen wie ein Rekordhalter in der Baseball Hall-of-Fame, was ich aufgrund meiner Eindrücke im Alltag nur bestätigen kann. Er kann so viel mehr als die kleinen Hunde, die Shiba Inus und Spitz-Mischlinge, die ich bisher hatte. Es ist eine wahre Freude. Mal abgesehen von ihrer übermenschlichen Begeisterung für Essen und Spaziergänge lebt es sich ansonsten ziemlich ähnlich wie mit Menschen. In ihren mittleren Lebensjahren lag Take oft mit melancholischer Miene in ihrem Hundebett, und Familie und Freunde, die vorbeikamen, flüsterten: »Vielleicht solltest du ihr Antidepressiva geben.« Wirklich ziemlich menschlich. Als sie noch älter wurde, kam sie aus ihrer Depression heraus. Vielleicht hatte sie sich abgefunden. Auch meine Mutter war schon in jungen Jahren depressiv und reizbar, aber im Alter, als sie im Krankenhaus lag und bettlägerig wurde, erholte sie sich von ihrer Depression (kurz nachdem eine Lähmung ihrer Gliedmaßen eingesetzt hatte, fiel sie in eine weitere Depression, überwand sie aber schließlich) und beendete ihr Leben als fröhliche und friedliche alte Frau. Vielleicht ist das bei Take ja genauso.

Der Park bestand aus einer großen Rasenfläche, einem Eukalyptushain und einem Areal mit einheimischer Vegetation dahinter. Wir erschlossen uns das Gelände in alle Richtungen. Doch schließlich wurde die Rasenfläche zu einem Parkplatz. Der Eukalyptushain wurde zur Hälfte zerstört. Auf einem Hügel wurde ein Gebäude errichtet. Heute ist es ein Gemeindezentrum mit Seniorenhaus, eine unverzichtbare Anlaufstelle für ältere Menschen aus der Gegend.

Die einheimischen Pflanzen wurden unter Schutz gestellt. Wo das Gelände bisher sich selbst überlassen war, wurden Wege angelegt, auf denen man gehen konnte, und Zäune um Gebiete errichtet, die nicht betreten werden durften, dazu Verbotsschilder aufgestellt. Nicht, dass wir daran gedacht hätten, die Verbotsschilder zu entfernen, aber da, wo keine standen, schlüpften wir hinein, um die geliebten einheimischen Pflanzen zu bestaunen. Was wo wächst, wann es blüht und wann die Beeren reifen, all das wissen wir. Ich fühlte mich wie ein Trapper mit seinem Hund. Sie wissen schon, die Sorte, die allein in den wilden Bergen

Nordamerikas lebt, jagt, die Truppen durchs Gelände lotst, Bärenschinken und getrocknetes Hirschfleisch herstellt, fließend »Indianisch« spricht und schließlich, auf sein Lieblingsgewehr gestützt, auf freiem Feld tot umfällt. Das bin ich. Allerdings ist das Gelände bestens geeignet, um seinen Hund auszuführen, und so laufen hier auch andere Trapper mit ihren Hunden entlang. Wenn Take mit Kindern zusammen ist, ist sie ein Hund, der die Herde zusammenhalten will, aber wenn sie mit mir in der Wildnis unterwegs ist, geht sie ganz in ihrer Hundeherz-Rolle auf, die Schafe und mich zu beschützen, und jeder Hund, dem wir begegnen, ist ein Wolf oder Bär, den sie zu meinem Schutz verbissen bekämpfen muss.

Take war groß und stark, und meistens wurde der andere Hund verletzt. Ich musste mich häufig entschuldigen und des Öfteren auch für die Behandlung bezahlen. Um sicherzugehen, dass Take nicht vor mir auf einen anderen Hund traf, spitzte ich die Ohren, lauschte fernen Geräuschen und beobachtete die Büsche. Beim Gehen sagte ich immer wieder: »Ich zuerst«, »ich zuerst«. Take lernte diese Worte, und wenn sie das hörte, wich sie geschwind hinter mich.

Hier und da gab es Trampelpfade. Manchmal sah man Leute an Stellen, wo wir nie hingegangen wären. Im Gebüsch waren sogar Spuren von Übernachtungen. Weggeworfene Kondome.

Take macht sich im Gebüsch zu schaffen. Wenn man sie ruft, kommt sie zurück, manchmal kommt sie aber auch nicht. Wenn sie nicht zurückkommt, obwohl man sie wiederholt gerufen hat, dann deshalb, weil sie ihren antrainierten Hundeverstand beiseiteschieben musste, um ihrem Hundeherzen treu zu sein. Wenn sie dann endlich zurückkommt, leckt sie sich das Maul, man sieht, dass sie etwas gefressen hat. Essensreste von dem Nachtlager oder menschliche Exkremente, ich erkenne es am Geruch. »Was frisst du denn! Wie eklig!«, schelte ich sie laut, aber Take tut so, als hörte sie nicht.

An einer Stelle unseres Wegs gibt es einen mit roter Erde bedeckten steilen Felsen.

Als Take jung und stark war und so weit rennen konnte, wie sie wollte, ohne je müde zu werden, stellte ich mich auf die Klippe und warf einen Ball weit in die Gegend. Take jagte ihm hinterher. Egal, wohin ich den Ball warf, sie durchkämmte jeden Fleck unterhalb der Klippe und fand ihn immer. Während ich von oben zusah, dachte ich: Was treibt einen Hund so weit?

Manchmal steckt der Ball im Geäst eines Baumes fest. Dann springt sie aufrecht auf ihre Hinterbeine, drückt sich mit dem Bauch an einen Ast, als wolle sie sich daran hochhangeln, um den Ball zu erwischen. Oder aber sie rollt sich tief unter das Gebüsch, gräbt sich regelrecht ein und kommt, den Körper in Spinnweben eingehüllt, wieder heraus. Nur um sich gleich darauf wieder mit neuem Elan hineinzustürzen. Immer und immer wieder holt sie den Ball. Und wenn sie ihn holt, ist es nur ein Ball. Ein schmutziger Ball, der ihr gleich wieder weggenommen wird. Wenn er denn weggenommen werden kann! Wenn du ihn ehrlich rausrückst, werde ich ihn bestimmt wieder werfen. Dieses Spiel kann ewig weitergehen. Aber Take fällt es schwer, den Ball loszulassen.

Take kommt also mit großer Begeisterung zu mir zurückgerannt, nach all den Schwierigkeiten, mit dem Ball im Maul. Aber sie lässt den Ball nicht los. Sie will nicht loslassen, also kann das Spiel nicht weitergehen. Ich schimpfe lautstark mit ihr. Ich versuche sogar, ihren Kiefer aufzuzwingen, um ihr den Ball zu entreißen. Aber sie gibt nicht nach. Mit ihren scharfen Zähnen hält sie den Ball fest, mit solcher Kraft, dass man ihr selbst mit einem Werkzeug nicht hätte beikommen können. Sie schließt die Augen, beißt die Zähne zusammen und wartet einfach ab, bis meine irrationale Erregung irgendwann verfliegt, Hauptsache, sie hat den Ball.

Ich war empört, dass Take, die in anderen Dingen fügsam war, sich so stur verhielt, was den Ball anging, so hartnäckig ihre eigenen Wünsche verfolgte. Ich war sogar wütend. Ich konnte es nicht begreifen. Was gab es denn an dem Ball, das für einen Hund wichtiger war als die Stimme seines Besitzers?

Ich war es, die die Geduld verloren hatte. Ich schämte mich dafür, dass ich wütend wurde und den Hund wegen eines Balls anschrie. Schließlich fand ich die Lösung, wie man ihn aus Takes Maul herausbekommt. Du musst eben zwei Bälle mitnehmen. Sobald sie einen apportiert, wirfst du den anderen. In dem Moment, wo der zweite Ball losfliegt, lässt Take den ersten mir nichts, dir nichts fallen.

Dass sie den Ball aufnimmt und im Maul behält, ist nicht ihre eigene Entscheidung und auch nicht nur ein Erbe ihrer Eltern, die Polizeihunde waren, sondern ihr Wesen als Hund. Es muss so etwas sein wie ein kollektiver Konsens der Hundeherzen über alle Generationen, in alle Ewigkeit, dachte ich immer und immer wieder, als ich auf dem Felsen stand.

Nach einiger Zeit begannen wir ein neues Spiel. Ich stand am Fuße der Klippe und warf ihr Zweige zum Apportieren hin. Das war damals, als Take alle meine Kinder überholt hatte und man sie, wäre sie ein Mensch, Tante genannt hätte, ungefähr im gleichen Alter wie ihre Besitzerin, und nachdem wir sie sterilisieren ließen. Sie wurde dicker. Auch ich hatte zugenommen. Sarako zog aus, um an die Universität zu gehen (sie sollte später zurückkehren), also begann ich, morgens und abends mit Take spazieren zu gehen. Abends kam Tome mit, mir war aber nicht wohl bei dem Gedanken, die beiden allein gehen zu lassen, sie könnten schließlich einem anderen Hund begegnen.

Am Fuß der Klippe wachsen Eukalyptusbäume. Eukalyptus hat einen schnellen Stoffwechsel. Blätter, Zweige und Rinde fallen ab, sobald sie wachsen. An Ästen zum Werfen mangelt es also nicht. Sobald ich einen Zweig in der Hand halte, senkt Take ihren

Unterkörper, bereit, jeden Moment loszustürmen, und starrt mit einem Glitzern in den Augen auf meine Hand.

So ging das lange Zeit. Über viele Jahre.

Jetzt ist Take blind und taub und kann keinen der geworfenen Zweige mehr apportieren. Jetzt gehen Take und ich nicht mehr den Abhang hinunter. Denn sonst müssten wir ihn ja wieder hochklettern. Es gibt zwei Wege – einen steilen, kurzen Anstieg und einen längeren, langsameren –, aber beide werden für Take immer mühsamer.

Den verlorenen Schlüssel fand ich am Beginn des schmalen Pfades, der den Felsen hinunterführt. Auf dem Rückweg trottete Take schweigend weiter. Sie starrte nur auf den Weg vor sich und keuchte im Gehen. Dabei schienen ihre Gelenke in Beinen und Hüften zu schmerzen. Es heißt ja, dass viele Schäferhunde Probleme mit den Gelenken haben. Obwohl Take ein relativ gesundes Leben führte, könnte es sein, dass sie im hohen Alter schließlich doch die Krankheit befiel, die von Generation zu Generation weitergegeben wurde. Man spricht oft von »karmischer Krankheit«. Take ist jetzt so alt wie mein Vater, der allein in Kumamoto lebt, nachdem meine Mutter starb, und so läuft sie nun mühsam mit mir durch die Gegend.

Take kam zu uns, und ich begann, mit ihr spazieren zu gehen. Dann betraten wir zum ersten Mal den Park. Bis dahin hatte ich nicht einmal bemerkt, dass es nebenan einen Park gab. Wir bekamen Take im Spätsommer. Die Pflanzen waren verdorrt und abgestorben. Im Gehen gab ich dem Park den Namen »Das wüste Land«. Der Winter kam und es regnete. Der Frühling kam und die Blumen blühten. Überall im wüsten Land blühten Blumen. Ich staunte über die Menge der Blumen, ihre Vielfalt und die Lebendigkeit der Farben. Der Frühling ging vorbei, alles trocknete aus und starb ab. Der Sommer ging zu Ende, der Winter kam, und dann regnete es wieder, und ich sah die Blumen blühen. Immer war Take dabei.

Fußball spielen mit Take

Seit langer Zeit ging ich erstmals wieder auf den Parkplatz, um Fußball zu spielen. Für die gerade mal drei Minuten Entfernung nahmen wir den Wagen.

Take jagte fröhlich dem Fußball hinterher. Doch dann wurde mir etwas klar. Wenn wir früher Fußball spielten, fand ich Take trotz ihres Alters immer sehr energisch. Sie rannte überall hin, und wenn der Ball gekickt wurde, jagte sie ihm hinterher. Heute aber lungerte sie nur zwischen Tome und mir, die wir uns den Ball zuspielten, herum, »*ach rechts, ach links*«, sie bewegte fast nur ihren Kopf hin und her.

Als Take, Tome und ich anfingen, Fußball zu spielen, galten folgende Regeln:

Tome und ich spielten uns den Ball zu, dann jagte Take ihm hinterher. Wenn der Ball von dem Kurs abwich, den wir grob festgelegt hatten, packte ihn Take, nahm ihn zwischen die Zähne und brachte ihn wieder in Stellung.

Die Regeln hatte Take ausgearbeitet. Sie pflanzte sich mal hier und mal dort auf und wechselte die Position. Sobald sie den Ball erwischt hatte, musste sie ihn loslassen, anderenfalls hätte sie so stark zugebissen, dass er schnell unbrauchbar geworden wäre. Dann riefen wir unisono: »Take, ein Punkt«, worauf Take den Ball fallen ließ und sich entfernte, erwartungsvoll mit den Hüften wackelte und zusah, wie der Ball wieder getreten wurde, um ihm dann erneut hinterherzujagen.

Manchmal platzierte sich Take zwischen uns und nahm eine Verteidigerposition ein. Wir versuchten dann, zwischen ihren Beinen durchzuspielen, was manchmal misslang, sodass wir ihr den Ball ins Gesicht schlugen. Sie stoppte den Ball mit ihrem Körper, zwar lächelte ihr Gesicht nicht, aber man sah sie mit den Hüften wackeln, als ob sie vor Freude lachte. Sie stand auf und lief weiter, wackelte wieder mit den Hüften. Und jagte wieder dem Ball nach.

Das tut sie jetzt nicht mehr. Seit wann eigentlich?

Damals benutzten wir einen löcherigen, schlappen Fußball. Daher sprang er nicht gut. Immer wenn der Ball aus dem imaginären Spielfeld flog, biss Take zu und brachte ihn wieder in Position, sodass er noch mehr ausleierte. Schließlich war er so schlapp, dass man ihn überhaupt nicht mehr treten konnte. Also kaufte ich einen neuen Ball. Es war ein billiger, aber ordentlicher Fußball mit einer glatten Oberfläche, richtig prall aufgepumpt. Doch Take schlug erbarmungslos ihre Zähne hinein, sodass er sofort erschlaffte. Nun überlegten wir uns, Take mit einem Tennisball zu beschäftigen.

Sosehr Take es auch genoss, in den Fußball zu beißen, sobald der Tennisball losgeworfen wurde, war sie so aufgeregt, dass sie nicht anders konnte, als diesem rücksichtslos hinterherzujagen. Sie vergaß ganz und gar den Fußball und musste den Tennisball jagen, fangen und ins Maul nehmen. Auch hier regiert sie ihr Hundeherz. Take hat ein großes Maul. Wenn sie einen Ball erwischt und ein weiterer geworfen wird, muss sie unbedingt den zweiten auch noch auffangen. Und das war unsere Strategie. Wenn wir sie zwei Bälle schnappen lassen, wird sie dem Fußball hinterherjagen, ohne reinzubeißen. Meine Güte, warum ist mir so etwas Einfaches nicht schon früher eingefallen, fragte ich mich und schämte mich, so viele Fußball-Existenzen verschwendet zu haben.

In meinen Kindertagen in den 1960er Jahren kam in den ärmeren Vierteln von Tokyo der Grubenentleerer mit einem Pumpwagen herum und saugte die menschlichen Fäkalien aus den Abortgruben der Häuser auf. Nach getaner Arbeit steckte der Mann einen Baseball in die Mündung des Vakuumschlauchs. Daran denke ich jedes Mal, wenn ich Take dazu bringe, einen Tennisball ins Maul zu nehmen. Der japanische Lorbeer und die Aralien in den feuchten Gassen der Seitenstraßen, wo die Vakuumwagen geparkt waren. Wie viel ich Tome auch davon erzähle, sie versteht sie nicht, diese Gerüche, meine Kindheit in den Hinterhöfen und die Farben der Stadt.

Take hielt sich an die Regeln. Schließlich waren es Regeln, die sie selbst aufgestellt hatte. Von hier ab ist es Frauchens Ball, und von hier bis hier ist es meiner.

Als es darum ging, den Tennisball ins Maul zu nehmen, fand sie den Dreh, ihn mit der Schnauze zu stupsen, anstatt reinzubeißen. Sie stoppte den Ball, den ich

Tome zugeschossen hatte, und gab ihm einen kleinen Stups. Wenn der Ball auf Pflanzen zurollte und von ihnen gestoppt wurde, holte sie ihn ein und stupste ihn ein wenig an. Sie bewegte ihn nicht etwa. Sie stupste den Ball nur ein wenig und betrachtete ihn mit einem Ausdruck, als hielte sie ihn für lebendig und als wollte sie sagen: »Na, ob er sich wohl bewegt?«

Ich hätte nie gedacht, dass man auf diese Weise mit einem Hund ein fußballähnliches Spiel spielen könnte. Take brauchte zehn Jahre, um auf dieses Niveau zu kommen. Ein sehr großer Hund hätte schon das Ende seiner Lebensspanne erreicht.

Zu der Zeit, als wir diesen Fußball spielten, starben Takes Mutter, ihr Hundebruder und die Besitzerin der beiden, meine eigene Mutter starb, mein Vater blieb allein zurück, und ich war sehr damit beschäftigt, über den Tod nachzudenken. Oft dachte ich: Take, jetzt läuft's so schön, aber du musst bald sterben. Wie kurz ist doch die Zeit! Doch seither sind drei Jahre vergangen, und Take lebt immer noch. Sie kann nicht mehr Fußball spielen, aber sie kann immer noch »*ach rechts, ach links*«.

Nico ist verwöhnt

Im Winter regnet es. In dieser Region regnet es nur im Winter. Es gibt nie sanften oder Nieselregen, Stürme kommen und bringen Regen mit. Auch die See ist rau. Die Pflanzen, die normalerweise ausgetrocknet sind, erwachen zum Leben. Mein Herz ist in Hochstimmung und sagt »Regen, Regen, hör nicht auf«, aber es gibt ein Problem: Die Hunde wollen nicht nach draußen gehen.

Ein Haus im kalifornischen Stil denkt nicht an Regen. Es gibt weder Dachrinnen noch Dachvorsprünge, und sobald man die Tür öffnet, ergießt sich das Regenwasser in Strömen. In dem Moment, in dem die Hunde, die normalerweise draußen ihren Kot absetzen, hinauszugehen versuchen, schrecken sie vor dem Regen zurück, und anscheinend versiegt auch ihr Harn- und Kotdrang. Und so hinterlässt Nico wie üblich ganz ohne zu zögern überall seine Pfützen, und manchmal liegt von Take – »was soll ich machen?« – ein großer Haufen schuldbewusst neben der Treppe. Das Haus ist gefliest, hell, und überall stehen Topfpflanzen herum. Als Take ein Welpe war, habe ich ihr beigebracht, dass es in Ordnung ist, dort zu koten, weil es fast dasselbe ist wie draußen. Zwar habe ich's ihr beigebracht, aber sie betrachtet es als Notmaßnahme, nur wenn sie keine andere Wahl hat, normalerweise hält sie durch, bis sie draußen ihr Geschäft erledigen kann.

Nicos Toilettenmanieren sind haarsträubend. Er wohnt seit fünf Jahren in diesem Haus, also sollte jeder Zentimeter sein Revier sein. Und trotzdem setzt er im ganzen Haus seine Haufen ab und pinkelt überall hin. Er hat weder den Verstand noch die Gewohnheit entwickelt, das an einem bestimmten Ort zu tun wie Take. Jeden Tag finde ich seine Hinterlassenschaften woanders und bin entsetzt. Es ist wie ein Versteckspiel. Er mag anscheinend Telegrafenmasten. Wenn im Schlafzimmer das Bettlaken über den Bettrand hängt und den Boden berührt, scheint er das für einen Telegrafenmasten zu halten, der von oben nach unten und nicht von unten nach oben wächst. Wenn Tomes Tasche oder ihr Pullover auf dem Boden liegen, hebt er das Bein, denn das ist auch ein Telegrafenmast. Neulich hat er in mein Arbeitszimmer einen Haufen gesetzt. Nico verbringt die meiste Zeit des Tages in meinem Arbeitszimmer. Ich hatte Lust, ihn bei der Brust zu packen und zu fragen, ob er die Hunderegel nicht kenne, dass man nicht im eigenen Revier kotet (das weiß sogar ich!).

Upps, ich habe vergessen, Nico vorzustellen. Er ist ein fünfjähriger Papillon-Rüde. Als Take acht Jahre alt war, stieß der drei Monate alte Nico zu uns.

In den acht Jahren, bis Nico kam, hatte Take andere Hunde gehasst. Wenn sie einen Hund sah, griff sie ihn an. Als Nico dann kam, waren alle sehr besorgt. Die Pflegemutter (d. h. die Züchterin), die Nico zu uns brachte, musste anscheinend auch schlucken, als sie Take sah (ich war nicht dabei). Sie soll mehrfach betont haben, sie sei sich nicht sicher, ob dieser Welpe hier wirklich überleben würde.

Eine achtjährige Deutsche Schäferhündin ist eine alte Frau und ein drei Monate alter Papillon ein argloses, liebenswertes Kleinkind. Trotzdem ging Take grob mit Nico um, ließ ihren Ärger an ihm aus, fletschte die Zähne, drohte ihm, wurde emotional und schimpfte mit ihm. Sie biss ihn mehrmals, bis er blutete. Man könnte sagen, sie hat ihm das Leben reichlich schwer gemacht, andererseits könnte man auch sagen, es lief größtenteils friedlich, denn ihm ist ja nichts weiter passiert.

In einem Hunderudel gibt es keine Demokratie. Es ist eine Beziehung zwischen einem tyrannischen Vorgesetzten ohne Mitgefühl und unterwürfigen Untergebenen, die darauf gepolt sind, seine Stimmung zu lesen. Familienähnliches Mitgefühl und Liebe sind ein Mechanismus, der nur zwischen einzelnen Individuen funktioniert.

Übrigens, offiziell (ich frage mich, was offiziell heißt) ist Nico der Hund meiner Jüngsten, Tome.

Vor fünf Jahren verbrachte ich ein paar Monate mit Tome in Kumamoto. Mein Mann blieb allein zu Hause in Kalifornien. Meine älteren Töchter waren schon aus dem Haus. Ich hatte Tome mitgenommen, um sie ans Japanische zu gewöhnen, und nicht etwa mit der Absicht, sie zu entführen. Mein Mann hätte uns begleiten können, aber aus verschiedenen Gründen, etwa weil er kein Japanisch spricht, wegen der Luftfeuchtigkeit in Südjapan und beruflichen Problemen, entschied er sich dagegen. Doch dann machte er sich Sorgen, dass er Tome womöglich nie wiedersehen würde, also tat er alles, was er nur konnte, um sie wieder heimzulocken, und besorgte ihr den Papillon-Welpen, den sie sich gewünscht hatte. Als wir kurz vor Weihnachten nach Hause kamen, gab es einen Baum und einen Welpen. Und der Welpe hing mehr an mir als an Tome.

Der Welpe war schwach, abgemagert und fragil. Er ging unbeholfen, nur seine Ohren waren groß genug, um ihn in die Luft zu heben, und sein Körper zitterte unter dem Gewicht seiner Ohren. Eigentlich hatte ich die Verantwortung Tome übergeben wollen, doch ich konnte ihn nicht sich selbst überlassen und ging dazu über, ihn wie ein Känguru unter meinen Pullover zu stecken, sodass sich der Kragen klebrig-wabernd weitete. Nico war ein wählerischer Esser und wurde leicht hibbelig, also hielt ich ihn auf meinem Schoß und fütterte ihn Bissen für Bissen mit einem Löffel. Im Englischen nennt man einen handzahmen Vogel handgefüttert (*hand-fed*), genau das war's auch hier: ein handzahmer Hund. Nico konnte gar nicht anders, als sich an mich zu binden. Er liegt wie ein Schatten zu meinen Füßen, wenn ich arbeite, und wenn ich schlafe (vorausgesetzt, mein Mann ist nicht da), kommt er ins Bett und kuschelt sich an mich. Wenn ich Auto fahre, sitzt er immer auf der Armstütze und starrt in die Richtung, in die ich schaue. Und manchmal schmiegt er sich wie ein Verliebter an meinen Arm.

Ich machte ein Experiment. Im Park ließ ich Nico auf einer Seite stehen und platzierte mich mit meinen Töchtern, eine neben der anderen, ihm gegenüber; dann riefen wir alle gleichzeitig: »Nico, komm her.« Da kam Nico doch direkt auf mich zugelaufen! Ich war glücklich. Wie oft wir's auch wiederholten, das Ergebnis war immer dasselbe. Es tat mir richtig gut. Tome war frustriert: »Du bist gemein, wenn du ihn in so hohen Tönen rufst, läuft er natürlich zu dir!« Doch auch wenn ich meine Stimme verstellte und ihn in männlich-strengem Ton herzitierte, schoss er wieder direkt vor meine Füße. Ich war so glücklich, dass ich nicht aufhören konnte zu lachen. Nun wusste ich, dass er mein Hund war.

Als ich Take von einem Freund übernahm, sagte er mir, Deutsche Schäferhunde seien besonders begabt, man müsse sie immer beschäftigen, sie gut trainieren und sicherstellen, dass sie ihre Aggressionen, die es jederzeit geben kann, kontrollieren können. Also brachten wir Take zu einer Hundeschule, die auch Polizeihunde trainierte, und ließen sie professionell ausbilden; wir verbrachten mehrere Jahre lang jeden Samstagmorgen damit, an Trainingskursen teilzunehmen.

Dass es unsere mittlere Tochter Sarako war, die die Verantwortung für den Hund übernommen hatte, schrieb ich ja schon. Sie war damals in der Junior High School und hatte jede Menge Probleme. Gewissermaßen, um sie von ihren Problemen abzulenken, nahm ich sie mit, sie war einverstanden und ging regelmäßig zum Hunde-Training, wo sie sich mit Takes Problemen – Ungehorsam, Weglaufen, pubertäre Aufmüpfigkeit und andere mehr – auseinanderzusetzen hatte.

Sarako schlug sich gut. Sie setzte sich gegen die größeren Erwachsenen durch und zeigte mit Take gute Leistungen beim Gehorsamkeitstraining sowie beim Bedrohen von Bösewichtern, beim Angreifen auf ein Signal hin und beim Verfolgen und Niederwerfen von Bösewichtern in Schutzkleidung. Take wiederum, nachdem sie ihren anfänglichen Widerwillen überwunden hatte, entwickelte sich zu einem ausgesprochen genialen Hund. Auf den Befehl »Sitz!« warf sie sich schlagartig auf den Boden, und auf das Kommando »Platz!« drückte sie sich auf den Untergrund, als ob sie darin versinken wolle, und rührte sich nicht bis zur Freigabe. Mit anderen Worten: Jetzt macht Take nichts mehr, sie kann es auch nicht mehr, aber zu ihren aktiven Zeiten war sie ein Hund, wie er im Buche steht: geradezu ein Muster von Hund.

Dagegen war Nico nur ein Schuljunge, der mit Tome spielte, die eigentlich die Verantwortung für ihn hätte übernehmen sollen. Also besuchte er sechs Wochen lang einen Benimm-Kurs in einem örtlichen Zoogeschäft und wurde auf spielerische Weise trainiert. »Toll, Nico, brav, Nico«, lobte die Trainerin, und Tome war stolz, aber kaum war der Unterricht vorbei, hatten Nico und Tome alles vergessen.

Auch jetzt noch hat Take eine starke Bindung zu Sarako. Aber das Leben der Kinder ändert sich rasend schnell. Sarako, mit der Take so engen Kontakt hatte, verließ das Haus und kam nicht mehr zurück, weil sie die Uni besuchte. In den Ferien kam sie wieder. Aber aus der Sicht von Take hieß das bloß: Sie bleibt weg. Und dann: Sie kommt wieder, aber dann wieder: Sie bleibt weg.

Immer wenn Sarako abwesend war, schien Take die Orientierung zu verlieren, hängte sich an mich und blieb den ganzen Tag über bei mir in meinem Arbeitszimmer. Nachts schlief sie im leeren Zimmer von Sarako. Ich ging mit ihr nach draußen, ich fütterte sie. Ich schimpfte mit ihr, ich ließ sie herumtollen und duschte sie ab. Daher ist Take auch fast mein Hund. Trotzdem, das Gefühl bleibt, dass meine Beziehung zu Nico, den ich mit der Hand aufzog, eine andere ist als zu Take, die ihr Hundetraining mit Sarako absolvierte.

Nachdem Take vor zwei, drei Jahren ihren Job als Familienhund an den Nagel gehängt hatte, übernahm Nico diese Rolle.

Grimmig verjagt er Bären und Wölfe, wenn sie in sein Revier eindringen, und folgt mir auf Patrouillen und wenn ich auf Jagd gehe (d. h. zum Einkaufen). Im Auto steigt er auf die Armstütze, um die Umgebung im Auge zu behalten. Wenn sich Gefahr abzeichnet, droht er, um Frauchen zu beschützen. Besondere Gefahrenquellen sind Hunde, die Gassi gehen, Jogger und Kinderwagen. Aber er bleibt schließlich doch, was er ist, ein Papillon, in erster Linie ein Schoßhündchen, und so knurrt er zwar, aber letzten Endes schmiegt er sich im Auto doch wieder an sein Frauchen und schmust.

Meine Pfoten tun weh

Es war vor drei Monaten. Drei Monate sind für einen Hund, was drei Jahre für einen Menschen wären. Folglich ist Take in dieser Zeit ungefähr um drei Jahre gealtert. Die Geschichte spielt nicht im Park nebenan, in den wir immer gehen. Sondern in einem anderen Park, circa zehn Autominuten weiter.

Durch den Park schlängelt sich ein Bach, und entlang des Wasserlaufs wächst eine Weidenart. Eine niedrige Sorte mit flauschigen Kätzchenblüten. Daher heißt der Park auch Weidenpark. Ganz hinten im Weidenpark, in einer Ecke, die niemand kennt, steht ein Apfelbaum, den niemand kennt. Er trägt jährlich Früchte. Und jedes Jahr gehe ich mit meinen Töchtern hin, um die Äpfel heimlich zu ernten.

Der Weg zum Apfelbaum ist wie folgt:

Zuerst stellen wir den Wagen auf dem Parkplatz ab. Der Weg führt leicht bergab. Dann geht er in eine ebene Strecke über. Kindergeschrei, Kinder spielen, vergnügen sich auf dem Spielplatz. Es gibt eine Wiese. Und einen Tennisplatz. Manchmal heben wir einen liegen gebliebenen Ball auf, der vom Spielfeld gesprungen ist. Manchmal spielen Leute Tennis. Take hasst das Geräusch von Schmetterbällen. Je älter sie wird, desto schlimmer ist es, sie meint gar, sie würde angegriffen, und gibt fast ihrem Drang zu fliehen nach. Wenn ich nicht aufpasse, kann es sein, dass sie alles stehen und liegen lässt und zum Auto zurückrennt, tatsächlich ist sie in der Nähe unseres Hauses auch schon wiederholt zurückgestürmt, ich wurde gezogen, zu Boden gerissen und durch die Gegend geschleift. Man stelle sich vor, in diesem Park mit den vielen Kindern würde ein Deutscher Schäferhund mit blutunterlaufenen Augen und verzweifeltem Gesichtsausdruck seine Besitzerin umwerfen und hinter sich herziehen! Vor dem Tennisplatz muss ich also besonders darauf achten, sie fest an die Leine zu nehmen, sie zu besänftigen und dann stracks vorbeizugehen.

Sobald man das geschafft hat, ist man ganz allein.

Beide Seiten des Wegs sind dicht bewachsen. Man hört Wasser fließen. Binsen. Schilf. Rohrkolben. Weiden. Auch hohe Eukalyptusbäume. Ein dichter roter Blütenteppich bedeckt den Weg. Ein Stück weiter, am Ende des Weges, steht der Apfelbaum. Es ist das reinste Vergnügen, die Früchte direkt vom Baum zu pflücken und zu essen, egal, wie sauer und herb sie auch schmecken.

Seit Anfang dieses Jahres wurde Takes Gangart immer träger, und wir gingen nicht mehr täglich spazieren. Daher vermutete ich, wir würden es nicht mehr bis dorthin schaffen. Aber die Jahreszeiten wechselten rasch. Mein Jäger-und-Sammler-Instinkt regte sich. Schließlich konnte ich meinen Wunsch, Äpfel zu pflücken, nicht mehr unterdrücken und machte mich mit Take auf den Weg, denn ich dachte, mit einigen eingelegten Pausen müssten wir es schaffen.

Es war trotzdem grausam. Nach der Hälfte des Weges, oder besser gesagt nach einem Fünftel des Weges, auf Höhe des Tennisplatzes, war Take bereits außer Atem und hinkte. Als ich ihr ins Gesicht sah, blickte sie mich mit traurigen Augen an. Sie lief ein paar Schritte und sah mich wieder an. Dann seufzte sie. Und ich gab die Äpfel auf.

Aber dann. Als wir den Weg wieder zurückgingen und uns dem Parkplatz näherten, schienen Takes Beine sich zusehends zu erholen, ihr Gang wurde leichter, wenn auch nicht mehr so geschmeidig wie früher, sie war nicht mehr außer Atem, und ihr Gesicht sah irgendwie erleichtert aus. Ja, so war Take, als sie jung war, erinnerte ich mich.

Es war ein heißer Tag. Wir gingen einen Hügel hinauf. Plötzlich setzte sich Take hin, streckte ein Bein aus und klagte: »Meine Pfote tut weh.« Als ich sie fragend ansah, legte sie die Ohren an und machte eine jämmerliche Miene, streckte das andere Bein auch aus und klagte: »Diese Pfote tut auch weh.« Kaum sagte ich: »Oje, dann lass uns nach Hause gehen«, sprang sie auf und lief eilig los.

Take, du bist ein Phänomen! Ich hatte keine Ahnung, dass sie auch im hohen Alter noch schauspielern kann wie damals.

Ob Frauchen da ist?

O ja, ich muss mich wohl beeilen mit dem Schreiben, bevor mich Take allein zurücklassen wird. Ihre Art zu schlafen ähnelt immer mehr einem toten Hund.

Ich sehe sie von ferne und denke, sie könnte tot sein, und wenn ich näherkomme, sieht sie wirklich tot aus, obwohl ich sie genau beobachte, gibt es keinerlei Anzeichen, dass sie noch lebt. Ihr Bauch bewegt sich nicht und ihr Gesicht zuckt nicht. Und manchmal wacht sie nicht auf, wenn man sie sanft berührt. Erst wenn man sie etwas fester anfasst, wacht sie auf und ist verwirrt wie ein Mensch. Als sie jünger war, tat sie nur so, als ob sie schliefe, aber sie schlief nie fest. Sobald ich mich bewegte, stand sie flugs auf und folgte mir.

Dieses Schlafmuster hatte ich doch irgendwo schon einmal gesehen? Ja richtig, bei meinem Vater.

Mein Vater ist 89 und lebt allein in Kumamoto. Also fliege ich unermüdlich nach Kumamoto, um ihn zu besuchen. Er ist ein alter Mann, der viel schläft, aber wenn ich verstohlen nach ihm schaue, sieht er dabei aus wie eine Leiche. Was die beiden verbindet, ist diese Kraftlosigkeit, die sie im Schlaf an den Tag legen.

Mein Vater ist so schwach, dass er mit offenem Mund schläft, wie eine Mumie kurz vor der Vollendung. Take liegt mit schlaffen Gliedmaßen da, wie ein toter Kojote am Straßenrand. Ihr Kopf gleitet vom

Hundebett herab. Immer wieder am Tag drängt es mich, nachzuschauen, ob sie noch am Leben ist.

Neulich, noch vor Sonnenaufgang, kam Take, die eigentlich den Schlaf einer Leiche schlafen sollte, zu mir, um mich zu wecken, dabei trat sie neben die Stufe und fiel die Treppe hinunter. Sarako war von dem Geräusch aufgewacht und sagte, Take sei die Treppe runtergefallen und liege zitternd auf dem Treppenabsatz. Auf dem gefliesten Boden neben der Treppe war eine Pinkelpfütze. Die Pisse verbreitete sich durch die Fliesenfugen in alle Richtungen. Anscheinend hatte Take dort gepinkelt, bevor sie die Treppe hochging. Dann hätte sie mich eigentlich nicht noch wecken müssen, aber sie war wohl halb im Schlaf, und als sie dann die Treppe hochstieg, rutschte sie ab. Und ich bin nicht einmal aufgewacht. Ich hatte lange gearbeitet und war fest eingeschlafen.

Take hatte von Sarako gehört, sie sei doch schon erwachsen, wenn du mich aufweckst, dann stehe ich auf.

Das Geräusch von Takes Krallen auf dem Boden hallt durchs ganze Haus. Es war schon ungewöhnlich, dass ich davon nicht aufwachte. Oft kommt es nicht vor, dass sie in den ersten Stock hochkommt, aber wenn sie dann mitten in der Nacht mit laut durch das Haus hallendem Krallentapsen hochsteigt, wache ich unweigerlich auf. Wenn ich aber nicht aufstehe, läuft sie ein paar Mal um mein Bett herum und geht dann leise die Treppe hinunter, um auf den Fliesen einzunässen.

Als Welpe schlief Take in einer Hundebox in Sarakos Zimmer. Die Klappe der Box war die ganze Nacht geschlossen. Als Welpe hatte Take oft Bauchweh oder eine volle Blase. Jedes Mal, wenn sie nach draußen wollte, schlief die dreizehnjährige Sarako wie ein Murmeltier und wachte erst am Morgen wieder auf, egal wie sehr Take jammerte und mit den Füßen stampfte. Take hatte also keine andere Wahl, als es in ihrer Hundebox zu tun. Und dann schämte sie sich für ihr ungebührliches Hundebenehmen (schon was anderes als Nico, nicht wahr?) und verbrachte den Rest der Nacht bis zum Morgen in Reue und Gestank. Das passierte gar nicht selten. Ich kann es nicht vergessen. Selbst auf die Gefahr hin, die Treppe hinunterzufallen, kommt Take hochgestiegen und versucht, mich zu wecken.

Da fällt mir ein, Take hat die Angewohnheit, in der Nacht nach meiner Heimkehr aus Japan und auch noch in der folgenden Nacht trotz aller Gefahren nach oben zu kommen. Und ich habe die Angewohnheit, oder besser gesagt, die Lebensweise, häufig nach Japan zu fliegen und eine Zeitlang nicht zurückzukommen. Unmittelbar nach meiner Rückkehr aus Japan wache ich beim Geräusch von Takes Krallen auf, zumal ich einen Jetlag habe und nur sehr oberflächlich schlafe. Aber selbst wenn ich nach unten gehe und die Tür für sie öffne, geht sie nicht nach draußen.

Sie will nicht pinkeln. Sie will nur nachsehen, ob Frauchen da ist und ob es wirklich stimmt, dass sie zurückgekommen ist.

Take ist ungeduldig

Im Herbst sorgten wir uns insgeheim, ob sie dieses Jahr noch überleben würde, aber gestern lief Take davon. Es war wie in früheren Zeiten. Ich stand hier mit den Hundekeksen, und Tome und Nico kamen auf mich zugerannt, Take allerdings begriff nicht, worum es ging.

Nico rannte in einer geraden Linie, als ob er über dem Boden schwebte, auf mich zu, Take dagegen galoppierte wie ein Pferd in wellenförmigem Lauf.

Schon lange war Take nicht mehr gerannt. Ach was, wenn man sie zum Fußballspielen auffordert, bewegt sie nicht mal mehr ihren Kopf, »*ach rechts, ach links*«, sondern starrt einfach nur zu mir hoch. Und doch lief sie wie in längst vergangenen Zeiten! Aber nicht, dass sie plötzlich wieder jünger geworden wäre!

Gestern rannte sie noch, aber heute kippte sie um bei dem Versuch, aus dem Auto auszusteigen. Beim Einsteigen hat sie immer mal wieder Probleme, aber beim Aussteigen! Sie schlug voll auf dem Boden auf, landete auf dem Bauch und verharrte eine Weile reglos.

Dieser total erschöpfte Ausdruck erinnert mich an meinen Vater.

Mein Vater fällt auch oft hin und sackt so zusammen, mit demselben Gesichtsausdruck. Vater und Take gleichen sich sehr im Hinblick auf ihre schwindenden körperlichen Fähigkeiten. Ich überlege schon seit einiger Zeit, ob sie womöglich an Hunde-Parkinson leidet.

In den letzten dreizehn Jahren habe ich Take mehrmals täglich im Auto mitgenommen, zum gemeinsamen Spaziergang, zum Einkaufen oder um die Kinder abzuholen. Die Polster sind entsprechend schmutzig und stinken nach Hund, fleckig und voller Hundehaare. Eine Freundin, Hundehalterin, sagte mir, mit Hund sollte man nur Ledersitze im Auto haben, aber ich hätte viel lieber Holzplanken.

In ihrem jetzigen Zustand steht Take vor der weit geöffneten Wagentür und überlegt, ob sie es wohl schafft, kann sich aber nicht aufraffen. Wenn ich ihr dann aufmunternd zurufe »jetzt aber!«, klappt es meistens. In einem von drei Fällen geht es daneben, aber wenn sie es dann wieder versucht, schafft sie es irgendwann doch.

Auf der Straße sehe ich Autos mit Hunden. Alle möglichen Hunde, die auf verschiedenste Weise im Auto mitfahren. Ein Hund steckt sein Gesicht aus dem Fenster und schnappt ständig nach dem Wind. Ein anderer, der sich mit dem ganzen Körper herauslehnt und nur die Hinterbeine auf dem Sitz behält. Einmal streckte ein Hund seinen Kopf aus dem Fenster des Wagens vor uns. Im nächsten Moment zog er ihn wieder zurück und ein Kopf erschien am gegenüberliegenden Fenster. Sofort verschwand der Kopf wieder und tauchte auf der anderen Seite auf. Ich dachte, es müssten mehrere sein, aber bei näherem

Hinsehen war es ein einziger Hund, der schrecklich aufgedreht war und ständig von rechts nach links und wieder zurück sauste und seinen Kopf aus dem Fenster streckte.

Solchen Blödsinn machen meine Hunde nicht. Sie sind brav. Nico droht manchmal, wenn er etwas nicht mag. Was er nicht mag, sind andere Hunde und Buggys mit kleinen Kindern. Wenn ich einkaufe, warten die Hunde im Wagen. Take wartet schweigend, aber Nico beschäftigt sich mit Drohen. Wenn ich dann im Laden bin, höre ich manchmal ein hohes Bellen und denke »ach ja, das ist Nico«, doch das ist nichts gegen ein Auto mit einer kaputten Alarmanlage, so nervig ist es wirklich nicht.

Wenn ich zum Wagen zurückkehre, bekommen sie einen Hundekeks als Belohnung fürs brave Warten. Wenn sie aber mit mir aussteigen und wieder zum Auto zurückkommen, kriegen sie auch einen Hundekeks. So lief das dreizehn Jahre lang.

Doch jetzt ist Take etwas dement und ungeduldig geworden.

Sobald sie ins Auto einsteigt, bellt sie ein forderndes »Wuff« und platziert ihre Vorderpfoten mit Nachdruck auf der Armstütze. Es kommt mir vor, als würde ich gemaßregelt: »He! Was ist denn? Mach mal schneller!« Sie sabbert, und zu ihren Füßen bildet sich ein Teich.

Wenn ich dann einen Keks hervorhole, ist sie zu ungeduldig, um ihn mir in Ruhe aus der Hand zu fressen. Sie schnappt gierig zu, ich ziehe meine Hand zurück. Laut klappern ihr Kiefer und die Zähne aufeinander. Es klingt wie der Löwe beim Löwentanz. Ziemlich beängstigend. Ich bin schon oft blutig gebissen worden. Also wiederhole ich »ruhig, ruhig!«, während ich ihr den Keks zeige. Dann strengt sich Take sehr an. Behutsam führt sie ihr Maul an den Keks heran, öffnet es langsam, und mit zitternder Lippenkante bemüht sie sich, sachte den Keks zu greifen und ihn aufzunehmen. Das warme, weiche Fleisch von Takes Maul umgibt meine Finger, saugt, lutscht und nimmt den Keks auf.

Neuerdings wird Take immer ungeduldiger. »He!«, schreit sie mich an, und wenn sie nicht weiterkommt, lässt sie ihren Frust an Nico aus. »He! Was ist denn? Mach mal schneller!« Nachdem sie mich so gemaßregelt hat, fletscht Take schweigend Nico gegenüber die Zähne. Mit einem furchterregenden Gesicht, wie ein Hannya-Dämon. Und Nico ist verängstigt und fürchtet sich, ohne zu wissen, warum.

Takes Ungeduld und ihre Ausbrüche sind absurd, aber eben typisch für alte Leute, wie wir das ja Tag für Tag bei unseren Ehemännern und Vätern erleben. Gern möchte ich glauben, dass es letztlich keinen Unterschied macht, ob Hund oder Mensch, aber akzeptieren kann ich es vielleicht bei Take, doch bei Menschen?

Takes schwere Krankheit

Take mag keine Ärzte.

An unseren Tierarzt hat sie sich immer noch nicht gewöhnt, obgleich sie ihn schon seit Jahren kennt. Auch Kliniken sind ihr ein Horror. Sobald sie nur einen Schritt hineinsetzt, fängt sie an zu zittern. Wenn sie ins Untersuchungszimmer gerufen wird, weint sie mit kläglicher Stimme. Sie wehrt sich mit aller Kraft, in den Behandlungsraum gebracht zu werden. So ist es immer.

Früher musste sie einmal wegen einer Ohrenentzündung einen halben Tag in der Klinik bleiben. Als sie sich von mir trennen musste, weinte sie, weinte und weinte. Nicht einmal ein Menschenkind weint so heftig. Sie stemmte sich mit allen vier Beinen in den Boden und wurde weggezerrt. Als ich sie einige Stunden später abholen kam, brachten sie sie bis ins Foyer. Dort gab es eine Warteecke mit Stühlen, einem Schreibtisch und einem Empfangstresen. Als Take mich vor der Tür erkannte, riss sie die Person, die sie an der Leine hielt, zu Boden, schüttelte die Leine ab, sprang in einem Satz über Stühle, Schreibtisch und Tresen und klammerte sich ganz fest an mich.

Abgesehen von der chronischen Ohrenentzündung war Take relativ gesund, doch vor zwei Jahren erkrankte sie schwer. Die Ursache war unklar. Vielleicht hatte sie Rattengift gefressen oder sie wurde von einer Spinne gebissen. Ich hielt mich damals in Japan auf. Und Take war aus verschiedenen Gründen als Wachhund im Haus einer befreundeten Familie, das zugleich ihr Geburtshaus war. Ich hätte es auch ihr Elternhaus nennen können, jedenfalls war sie mit den Hunden und Menschen dort vertraut. Eines Tages wurde Take plötzlich krank und musste zum Tierarzt gebracht werden. Meine Freundin kontaktierte Sarako, die wiederum mich informierte. Und so wurde Take weiter behandelt.

Die Behandlung belief sich auf etwa 700.000 japanische Yen. Ich zuckte zusammen und musste schlucken, als ich das hörte. Meine Freundin fühlte sich mitverantwortlich und übernahm die Hälfte der Kosten. Aber es waren immer noch 350.000 Yen. Ich musste immer noch schlucken.

Laut Sarako war es der reinste Horror.

Die Klinik (es war eine Notfall-Klinik mit 24-Stunden-Dienst, also kein normales Krankenhaus) meldete sich ständig auf ihrem Handy und sagte: »Wir werden sie so und so behandeln, das kostet Sie soundso viel, ist das in Ordnung?« Du kannst Nein sagen, aber das bedeutet dann ihren Tod. Was für eine grausame Situation für meine labile, unerfahrene Sarako, die seit ihrem dreizehnten Lebensjahr mit dem Hund zusammen war. Ständig dachte ich, wäre ich doch bloß dagewesen. Aber hätte ich an irgendeinem Punkt wirklich die Entscheidung treffen können: Jetzt ist Schluss?

Take wurde aus der Klinik entlassen. Als ich nach Hause kam, war sie wieder völlig normal. Sie war zwar gealtert, konnte aber immer noch Fußball spielen. Sie konnte ins Auto steigen und in den Park fahren. Das macht nachdenklich. Wo in aller Welt ziehen wir die Grenze?

Ich kann natürlich Nein sagen. Ich kann dem Tierarzt sagen, er solle Schluss machen. Nein, das kann ich nicht.

Meinem Eindruck nach entscheiden sich amerikanische Hundehalter bei ihren Tieren eher für Euthanasie als japanische. Ich habe zwar keine Statistik erstellt, aber wenn ich mir die Menschen in meinem Umfeld ansehe, ergibt sich dieses Bild. Mir scheint, sie treffen die Entscheidung, bevor die Schmerzen und das Leid kommen, weil sie nicht wollen, dass ihre Hunde leiden. Zugleich gibt es aber auch eine eindeutige Tendenz, das Alter und den Tod eines Hundes genauso ernst zu nehmen wie Alter und Krankheit beim Menschen, ihn zu behandeln und dabei nicht die Kosten, sondern das Leben wichtig zu nehmen und zu versuchen, sein Leben so gut es geht zu verlängern.

Sarako und ich, wir haben uns darüber verständigt. Solche Themen kann man eigentlich erst im Nachhinein besprechen. Aber das war das Ergebnis. Wenn Derartiges noch einmal passieren sollte, würden wir sie nicht mehr behandeln lassen. Sie hat lange genug gelebt. Wenn sie krank wird, wird sie krank. Und wenn sie stirbt, stirbt sie. Das geht so in Ordnung.

Nun, Hunde brauchen ein Mittel gegen Fadenwürmer. Das nehmen sie jeden Monat ein. Es ist ziemlich teuer. Ein Halbjahresvorrat kostet in Japan rund 10.000 Yen. In Kalifornien ungefähr dasselbe. Seit dreizehn Jahren gebe ich es meinen Hunden ohne Unterbrechung. Vor ein paar Monaten gingen mir die letzten Tabletten für Take aus. Ich habe sie nicht neu besorgt. Take ist jetzt alt. Sie wird eher an Altersschwäche sterben als an Fadenwürmern, überlegte ich.

Ich bin ziemlich vergesslich. Nicht nur Take ist senil.

Erst neulich ging Nicos Medizin zur Neige, also ging ich zum Tierarzt, um neue zu holen, und da ich vergessen hatte, dass ich Takes Medizin abgesetzt hatte, wollte ich gleich auch noch ihr Mittel mitbesorgen. Da erfuhr ich, dass das Präparat gar nicht mehr erhältlich und schon vor einigen Monaten vom Markt genommen worden sei. Denn, so hieß es, das Mittel töte zwar die Fadenwürmer, aber wenn das Tier schon vor Einnahme des Mittels infiziert gewesen sei, würden die Parasiten in seinem Herzen absterben, die toten Würmer würden die Blutgefäße blockieren und es käme zum Herzstillstand.

Während man mir also am Empfang beim Tierarzt diese Geschichte erläuterte, kam ein uralter Hund aus dem Sprechzimmer. Er sei sechzehn Jahre alt, erfuhr ich, was in menschlichen Maßstäben etwa hundertsiebzehn Jahren entspricht, und sah aus wie eine alte Hexe. Sie trug ein Hundegeschirr für alte Hunde und wurde von ihrem Besitzer (der als Hund etwa zehn, als Mensch etwa siebzig Jahre alt war) in ihrem mühsamen Gang wie eine Marionette über dem Boden gehalten. Es hieß, sie hätte unter Vollnarkose eine komplette Zahnreinigung bekommen. Übrigens war mir das auch empfohlen worden. Nein, nicht für meine Zähne, sondern für Nicos Zähne.

Nico ist ein Hund mit einer spektakulären Vorgeschichte von Krankenhausaufenthalten.

Einmal, als er noch Welpe war, brachte ich ihn in die Notaufnahme, weil er Durchfall hatte, da vermutete man eine schwere Krankheit, und nach mehreren Tests musste ich umgerechnet rund 100.000 Yen blechen. Am Ende fand man nichts. Dann ergab ein Bluttest vor der Kastration Anomalien, und er wurde in eine große Tierklinik überwiesen, wo er einen Test nach dem anderen machte, was wiederum etwa 100.000 Yen kostete. Auch das alles ohne Befund. Dann wurde er von einer Biene gestochen, und die Behandlung in der Klinik kostete mich weitere Zigtausend Yen. Der Gipfel von allem war, dass er vor unserem Haus von einem Auto angefahren wurde, was etwa 200.000 Yen kostete, aber er überlebte. Eine Zeit lang musste er eine Halskrause tragen, wie der Rebellenführer Amakusa Shirō in seinem elisabethanischen Outfit oder wie eine Kragenechse. Spazierengehen ging nicht, also steckte ich ihn in einen Stoffbeutel, den ich mir über die Schulter hängte, und ging gewissermaßen für ihn mit. Anfangs ließ er sich willig schaukeln, aber sobald es ihm wieder besser ging, spürte ich, wie in dem Beutel seine kleinen Beinchen mitliefen. Es war wie eine Fötusbewegung.

Eine Zahnreinigung unter Vollnarkose sollte 40.000 Yen kosten. Das wäre ungefähr der Preis für ein schönes Kleid, überlegte ich. Wenn Sie mich fragen, was wichtiger ist, die Gesundheit des Hundes oder Kleidung, dann der Hund. Aber trotzdem schienen mir 40.000 Yen für die Hundezahnreinigung eine eher unnötige Ausgabe zu sein. Nico hat Mundgeruch. Deshalb die Empfehlung, aber das kam ja nicht von heute auf morgen. Seit er im Alter von drei Monaten zu uns kam, riecht er aus dem Maul. Wenn ich ihn hochnehme, will er meinen Mund lecken, und dann heißt es: »Nicht den Mund!« Ein spezieller Satz, der nur für Nico gilt. Ich habe für Nico eine Zahnbürste gekauft, aber ich setze sie nicht ein. Ich putze ja auch nicht Takes Zähne, das würde ich allenfalls bei meinen Kindern machen, aber doch nicht bei einem Hund! Also bleibt mir nichts anderes übrig, als 40.000 Yen zu berappen.

Es gab auch etwas, das für Take empfohlen wurde: Kortison-Spritzen. Mein arthritischer Ehemann bekommt sie ab und zu. Es hieß, das würde die Lebensqualität eines alten Hundes deutlich verbessern, so um die 5000 japanische Yen sollte es kosten. Na dann probieren wir's mal, dachte ich, und ließ eine Spitze setzen. Ob es wirkte, weiß ich nicht. Jedenfalls sah Take nicht deutlich anders aus. Sie sagte nichts. Und ich habe die Nase voll von der medizinischen

Versorgung von Haustieren, die immer bombastischer wird. Und von mir selbst, die ich mich immer wieder über den Tisch ziehen lasse, wenn es um ein Abwägen zwischen meinen Finanzen und meinen Gefühlen für die Hunde geht.

Ich denke an meine Mutter.

Sie war ein Mensch. Ihr behandelnder Arzt sah zu, wie ihre Gliedmaßen allmählich lahm wurden. Daraufhin kam sie ins Krankenhaus, und das war's dann. Es dauerte fünf Jahre, bis sie starb. Die Pflege im Krankenhaus war herzlich und großzügig. Aber fünf Jahre mit gelähmten Gliedmaßen waren zu lang.

Ich denke auch an meinen Vater.

Auch er ist schließlich ein Mensch. Das Parkinson-Syndrom ist sein akutes Problem, aber er hatte auch Magenkrebs und einige Schlaganfälle, und um seine Wirbelsäule steht's ebenfalls nicht gut. Täglich nimmt er einen Haufen Medikamente, um die Blutzirkulation, seinen Bluthochdruck und die Herzfunktion zu regulieren, und so lebt er Tag für Tag weiter. Doch es gibt etwas, das er einfach nicht unter Kontrolle bekommt. Das ist die Einsamkeit. Die Langeweile. Das Alleinsein und der Gedanke an den Tod. Wenn ich ihn anrufe, sagt er mir immer wieder, dass er sich langweilt, dass er lieber sterben würde, aber nicht kann.

Was Menschen nicht können, können Hunde. Sie altern, werden krank und sterben auf natürliche Weise.

Die ganze Familie kümmert sich um die alte Take. Wir gehen nicht unaufmerksam oder nachlässig mit ihr um. Täglich bemühen wir uns, die alte Hündin gut zu ernähren, ihr ein warmes Bett zum Schlafen zu geben, ihre Ausscheidungen zu beseitigen, mit ihr spazieren zu gehen und ihr die bestmögliche Zeit zu bereiten. Aber ich gebe ihr keine Fadenwurm-Kapseln mehr. Ich bringe sie auch nicht mehr zu den regelmäßigen Kontrolluntersuchungen.

Neuerdings hat Take eine große Beule auf dem Rücken. Wenn ich sie zum Tierarzt brächte, würde er das untersuchen wollen. Dann würde es heißen: Ist es gutartig, wird es operiert, oder es wird beobachtet; ist es bösartig, wird es beobachtet, bis sie stirbt, oder sie wird eingeschläfert, bevor die Schmerzen eintreten. Aber wir tun nichts von alledem, nichts. Wir leben mit dem buckligen Hund zusammen und behandeln ihn so liebevoll, wie wir nur können.

Falls Take noch länger leben würde und anfinge, Schmerzen zu haben, würden wir uns fürs Einschläfern entscheiden. Zumindest in einer vertrauten Klinik, bei einem Arzt, der sie seit Jahren behandelt, aber der Gedanke, dass sie weint und sich wehrt, während sie ihren letzten Atemzug tut, ist ziemlich unerträglich. Eine Freundin mit Hund erzählte mir, es gebe Tierärzte, die sich auf Hausbesuche spezialisiert haben. Wenn es ernst würde, käme er ins Haus und würde die Einschläferung durchführen, da große Hunde ja schwer transportabel sind. Aber allein der Gedanke ist mir unerträglich, dass sie in den Händen eines Fremden wäre.

KAPITEL 2

Räusper, räusper – ein bisschen was über Fäkalien

Takes Platz

Take schläft den ganzen Tag, dabei sieht ihr Gesicht wie tot aus. Nicht, dass sie entspannt ausgestreckt daliegt, sie schläft tief und fest. Manchmal frage ich mich, ob sie noch lebt. Ihr Körper bewegt sich immer langsamer. Ihr Gesichtsausdruck wird zunehmend stumpf.

Das Einzige, was sie noch weiß, ist, dass sie fressen muss. Sie kommt urplötzlich in die Küche, und wenn ich sage »Sitz!« (Auf Japanisch heißt dieser Befehl wohl »Haus«, was ja eigentlich gar nicht Japanisch ist), steht sie einfach nur da, sieht nichts, denkt nichts. »Ich möchte fressen, aber was?« Sie steht da und sieht nicht danach aus, als wüsste sie, was sie wollte. … Das war Take vor einem Monat.

Die Dinge verändern sich stetig. Jetzt, einen Monat später, hat Take wieder etwas mehr Energie. Ich glaube, das liegt daran, dass sie ihren Schlafplatz gewechselt hat.

Ich war eine Zeit lang weg. Vor meiner Abwesenheit befand sich Takes Schlafplatz am Ende des Flurs.

Ein paar Jahre lang war das ihr Stammplatz. Rechts davon liegt das Arbeitszimmer meines Mannes, meines links und Sarakos Zimmer davor, ein echter Verkehrsknotenpunkt. Jedes Mal, wenn mein Mann sein Zimmer betrat oder verließ, stolperte er über Take, und es rutschte ihm etwas wie »Arschloch!« raus. Als Take noch jünger war, stellte sie sich auf und knurrte meinen Mann an, wenn er in mein Zimmer kommen wollte. Dann entfuhr ihm bisweilen auf »Arschloch!« noch ein hasserfülltes Stöhnen wie »Du blutiges, blödes Biest« (so die wörtliche Übersetzung einer gebräuchlichen englischen Redewendung). Außerdem war manchmal ein Geräusch zu hören, das wie das Sirren einer Mücke klang: »hiiiiiii, hiiiiiii«. Das war Nico. Nico wollte in mein Zimmer, hatte aber Angst vor Take, die fleißig den Verkehr regelte. Er schaute mich an, setzte sich aufrecht hin, schluchzte und flehte mich an, ihn auf den Arm zu nehmen und reinzulassen. Der Verkehrsknotenpunkt hatte wahrlich seine Tücken, zumal mit Nico und Take!

Ich war damals etwa einen Monat lang weg. Als ich zurückkam, begrüßte mich Nico wie immer, mit gesenktem Kopf, tänzelnd mit wackelnden Hüften. Pichan gab aus dem Inneren des Vogelkäfigs hohe Ibisrufe zum Besten. Aber Take kam nicht, um mich zu begrüßen. Zum ersten Mal seit dreizehn Jahren. O Gott, jetzt hat sie's doch erwischt, dachte ich, das war's dann also, aber nein. Take hatte es einfach nicht bemerkt. Sobald ich in ihr Blickfeld kam, keine Ahnung, ob sie mich sehen konnte oder nicht, vielleicht roch sie mich auch nur, stand sie jedenfalls langsam auf und folgte mir langsam trottend in mein Zimmer. Dann stand sie da und stand, als wolle sie sich nicht mehr von der Stelle rühren.

Was sein muss, muss sein. Ich brachte ihr Bett vom Flur in mein Zimmer, damit sie sich draufsetzen könnte. Take ließ sich plumpsend darauf nieder. Seitdem ist sie in meinem Zimmer. Den ganzen Tag lang tut sie so, als wäre sie tot. Auch nachts spielt sie Leiche. Selbst wenn ich zum Schlafen ins Obergeschoss gehe, bleibt sie bis zum nächsten Morgen liegen.

Das Problem ist Nico.

Nicos Platz ist normalerweise auf einem Sitzkissen in meinem Zimmer, hinter einem Stapel von Büchern. Nico hat jedoch Angst vor Take. Schon als Take den Torwächter gab, fürchtete er sich, an ihr vorbeizugehen, weshalb er mein Zimmer nicht betreten konnte und »hiiiiiiiii, hiiiiiiiii« schrie; und jetzt, wo Take sich im Zimmer aufhält, kann er erst recht nicht rein. Also schreit er immer noch »hiiiiiiiii, hiiiiiiiii« und ruft schluchzend nach mir. Was bleibt mir anderes übrig, als Nico reinzuholen, da flattert etwas auf mich herab. Das ist Pi-chan, der Papagei. Was bleibt mir anderes übrig, ich nehme auch ihn mit ins Zimmer.

Nun gebe ich mir Mühe, sie hereinzulassen, aber sobald ich aufstehe, steht auch Nico auf. Wenn ich den Raum verlasse, kommt Nico mit. Ich gehöre zu denen, die nicht in Ruhe arbeiten können. Ich stehe häufig auf und verlasse den Raum. Also steht auch Nico oft auf und verlässt den Raum.

Er folgt mir ins Bad, in die Küche, zum Briefkasten, als ob es seine Aufgabe wäre, mir zu folgen. Wenn ich in mein Zimmer zurückkehre, will er mir natürlich ebenfalls folgen. Dort hat er seinen eigenen festen Platz. Die Kissen sind warm und kuschelig.

Aber was ihn dort erwartet, ist sein Angstobjekt Take. Nico erstarrt, schreit und schluchzt und gerät jedes Mal wieder neu in eine ausweglose Klemme. Egal, wie oft sich das wiederholt, er lernt es nie. Auch das ist wohl typisch Hundeherz, da können Nicos individuelle Neugier und sein Lerneifer nichts ausrichten. Take war genauso, als sie noch jünger war. Sie schlief nie wirklich, tat immer nur so. Wenn Sarako aufstand, stand auch Take auf und lief ihr wie ein Schatten hinterher. Als Sarako das Haus verließ, um an der Universität zu studieren, hängte sie sich an mich.

Das Problem war nun mein Zimmer.

Der Raum war ohnehin klein, aber mit all den Bücherstapeln, meinen Reisetaschen und den hingeworfenen Kleidungsstücken war's ein unzumutbarer Anblick. Neuerdings versuche ich, nichts mehr auf den Boden zu stellen. Weil ihn nämlich Pi-chan einkotet. Auf dem Boden steht Takes Schlafplatz und im hinteren Teil des Zimmers liegen Nicos Sitzkissen. Nicht nur eins, sondern drei. Nico setzt sich auf das, worauf er gerade Lust hat, Herzenslust. Manchmal denke ich, eins würde eigentlich reichen, aber wenn ich mir dann

Nico vorstelle, möchte ich doch, dass er sich auf das Kissen setzen kann, das er spontan bevorzugt. Ich bring's nicht über's Herz, welche wegzunehmen. Und deshalb bleiben die Kissen liegen. Man kann nirgendwo mehr hintreten.

Upps, ich habe Pi-chan noch nicht vorgestellt.

Pi-chan hatte einen Vorgänger, einen Nymphensittich, der war recht aggressiv, aber sobald er angriff, vergaß er, dass er angriff, und bot freundlich schmeichelnd seinen Kopf dar, um gestreichelt zu werden. Er starb, indem er in einem Wasserglas ertrank.

Dieser hier, die zweite Generation, ist ein Sowieso- oder Schuppenpapagei, ein sehr hübscher, rot-blau-grüner kleiner Papagei, mit klaren Augen wie ein Weißschwanzsittich und viel schlauer als ein Nymphensittich, aber noch vitaler und mit einem scharfen Schnabel. Wenn er beißt, reißt er ein Loch, das wie gestanzt aussieht. Es tut so weh, dass man weinen möchte. Und dass man glauben möchte, er sei bösartig. Aber wenn man ihn sich selbst überlässt, wird er noch wilder und stürzt sich auf alles, was ihm unter die Krallen kommt. Was bleibt mir anderes übrig, tagsüber lasse ich ihn in meinem Zimmer frei.

Wenn Pi-chan, die zweite Generation, Stuhlgang hat, geht er zur Kante des Kopfes, des Stuhls oder wo auch immer er gerade sitzt, streckt sein Gesäß heraus und lässt seinen Kot fallen. Sein Vorgänger hat immer überall hingemacht, sodass ich meinen Oberkörper stets mit einem Handtuch abdecken musste.

Jedenfalls versammeln sich hier alle Tiere des Hauses. Der Raum riecht allmählich wie mein Auto. Pi-chans Vogelgeruch (Sittiche haben einen sehr starken Körpergeruch. Der Nymphensittich roch noch strenger. Angeblich soll dieser Körpergeruch einer der Reize von Papageien sein), und Nicos Hundegeruch ist schwach im Vergleich zum Geruch von Take. Außerdem kommen noch andere Gerüche hinzu. Take reagiert allergisch und manchmal juckt ihr Schwanz. Sie leckt und beißt daran, wodurch sich die Haut ablöst und seröse Flüssigkeit austritt. Es stinkt unsagbar fischig. Manchmal geht bei Take Kot ab. Und manchmal pinkelt und scheißt Nico. Oje, was für eine prachtvolle Bescherung!

Seitdem sie in meinem Zimmer schläft, hat Take sich wieder etwas verjüngt.

Immer wieder schaue ich in ihre Richtung, während ich arbeite, und sehe, wie sich ihr Bauch bewegt.

Als sie am Ende des Flurs lag, ging ich immer wieder hin, um mich zu vergewissern, dass sie wirklich noch nicht tot sei, denn sie sah aus wie ein Kadaver. Erst wenn ich sie berührte, wachte sie auf, und dann zuckte sie überrascht zusammen. Manchmal war sie so überrascht, dass sie nach mir schnappte. Mir kam es vor, als sei ihr Körper zur Hälfte noch hier, mit der anderen Hälfte aber schon auf der anderen Seite.

Jetzt sieht ihr Gesicht im Schlaf nicht mehr leichenhaft aus. Sie schläft mit einem richtigen Schlafgesicht. Wenn ich mich hinhocke und mich ihrem

Gesicht nähere, öffnet sie ihre Augen einen Spalt und sieht mich an. Takes Körper ist zur Hälfte hierher zurückgekehrt und lebt mit uns.

Ich helfe mit!

Seit sie in meinem Zimmer wohnt, hat sich Take verjüngt. Wenn ich das Zimmer betrete oder verlasse, passiert es immer wieder, dass Take wie früher aufsteht und mir folgt. Und wenn das morgens oder abends geschieht, scheint sie sogar mit einem Spaziergang zu rechnen. Natürlich ist das nicht vergleichbar mit der Aufgeregtheit ihrer jüngeren Tage, wo ich mich vergeblich bemühte, sie zu bändigen, aber ich spüre, dass sie unruhig ist. Sie folgt mir und achtet auf jede kleine Bewegung von mir, und während ich früher manchmal dachte »Jetzt komm doch nicht hinterher, lass mich doch in Ruhe!«, habe ich nicht geahnt, wie glücklich mich das nun machen würde. Und so war auch ich bereit zum Spaziergang und wackelte in Richtung Take heftig mit dem Hintern (in der Hundesprache: »Komm, lass uns spielen«).

Aber das Zimmer war total verwahrlost. Neben den Tieren, die immer mehr wurden und Ausscheidungen absondern, ist der Raum auch voller Bücher, die zwar keinen Kot absondern, sich aber ebenfalls in alarmierendem Maße vermehren. Die Tiere sind schwer zu handhaben, doch weil ich mir vorstellte, dass ein weiteres Regal bei den Büchern helfen würde, besorgte ich ein Bücherregal-Set.

Der Bausatz für das Bücherregal war groß und schwer. Als die ganze Familie es mit vereinten Kräften hineintrug, kam Take heraus und half wie in alten Zeiten mit. Mit einem fröhlichen Gesichtsausdruck lief sie umher, unter Zwischenrufen wie »Take hilft mit«, »Take, du störst!« oder »Get out of my way!«. Man konnte förmlich sehen, wie sich ihr uraltes Hundeherz auf uralte Weise freute.

Früher hat Take gerne mitgeholfen.

Wenn wir etwas trugen oder bauten, war sie immer dabei, und wenn wir uns bewegten, lief sie mit einem Holzscheit oder Ähnlichem im Maul herum. Es kam oft zu Zusammenstößen, wenn sie in die Richtung lief, in die wir uns bewegten, dann hieß es immer: »Take, du störst!«, »Get out of my way!«, während sie leidenschaftlich mithalf.

Tome baute den Bausatz für das Regal zusammen. Dabei kam ihr Nico zu Hilfe.

Nicos Hilfe war subtiler und hartnäckiger als die von Take. Er folgte Tome wie ein Schatten, betrachtete aufmerksam ihre Arbeit, drehte sich um, wenn Tome sich umdrehte, und setzte sich auf das Brett, das Tome zusammenbaute. Er war mehr Katze als Hund.

Die Papillon-Rasse hat etwas von einer Katze.

Als er noch ein Welpe war, putzte er sich mit seinen Pfoten das Gesicht wie eine Katze. Im Gegensatz zu Take, die alles und so viel wie möglich frisst, ist der Papillon ein wählerischer Esser mit vielen Vorlieben und Abneigungen, er frisst nicht, was er nicht fressen will, und lässt oft kleine Futterreste liegen. Ich hatte große Hoffnungen in ihn gesetzt, weil ich in einem Hundebuch gelesen hatte, dass er ein guter Mäusefänger sei, aber er hat noch keine einzige Maus gefangen. Man sagt, dass der Chin, eine typisch japanische Hunderasse, sich noch viel besser an das Leben auf Tatamimatten anpasst, aber als Papillon-Besitzer empfinde ich eine Nähe wie ein entfernter Cousin (wie es mit der DNA aussieht, weiß ich allerdings nicht). Vom Chin heißt es tatsächlich, er sei ein Mittelding zwischen Hund und Katze.

Nun war das Bücherregal fertig. Aber um es im Raum aufzustellen, mussten wir erst einmal alles aus dem Weg räumen. Wir versuchten, das hier hinzuschieben, das da wegzuwerfen und das auch, und das da dorthin und so weiter, als ob der ganze Raum gegen den Uhrzeigersinn in eine Richtung gedreht würde. Dabei klapperten verschiedene Gegenstände, andere fielen von oben herab. Jedes Mal schrien die Arbeiter auf – »Was machst du denn?« –, es war ein wildes Drunter und Drüber.

Mitten in diesem Getöse schlief Take tief und fest. Sie hatte ihre Umherstreif-Hilfe längst beendet und schlief schon lange wieder in ihrem gewohnten Bett. Vielleicht war sie müde, weil sie zum ersten Mal seit langer Zeit wieder mithelfen musste, oder vielleicht vertraute sie uns so sehr, aber inmitten dieses ganzen Trubels so tief zu schlafen, das war schon nicht ohne! Vielleicht hatte sie ihr Gehör völlig verloren, oder ihre kognitiven Fähigkeiten hatten sich so weit verschlechtert, dass sie keine Gefahr mehr wahrnahm, oder sie war von Altersentsagung ergriffen worden und alles war ihr egal.

Gohan und Sanpo – Fressen und Gassigehen

Ich hatte mir immer vorgestellt, wenn ich eines Tages zwei Hunde hätte, würde ich den einen »Gohan« (Fressen) und den anderen »Sanpo« (Gassi) nennen.

Vor Take »go« oder »sa« oder »npo« zu sagen, war ausgeschlossen. »Walk« ging natürlich auch nicht, denn sie ist zweisprachig. Sobald sie diese Laute hörte, schossen konkrete Wünsche in ihr Gehirn, explodierten, und ihre Vernunft geriet ins Wanken, derweil sie laut lärmend umherlief und sprang. Sie stieß gegen Dinge, sprang darüber, warf mit ihrem wedelnden Schwanz Blumentöpfe um, schubste Kleinkinder (Tome von damals) um und brachte sie zum Weinen. Egal, welche der Silben sie hörte, »go« oder »sa« oder »npo« oder »wo«, Take reagierte stets gleich. Man brauchte nur zu flüstern.

Wenn Nico auch »Gassi« erahnte (als wählerischer Esser reagiert er nicht auf »Fressen«), hüpfte er voller Vorfreude fröhlich herum, zappelte und sprang von hinten gegen meine Beine, drehte und wand sich, sodass es mir kaum gelang, ihn an die Leine zu nehmen. Als Take das sah, ging es ihr gegen den Strich und sie schimpfte mit Nico: »Was machst du denn, jetzt reiß dich am Riemen!«, und manchmal schnappte sie nach ihm (und tat dabei, als ob sie es ernst meinte), was Nico erschreckte und ängstigte, sodass es noch schwieriger wurde, die Leine anzulegen.

Das Wort »Spaziergang« wurde in unserem Haus verboten. Wir mussten uns aber irgendwie behelfen und sprachen von »Ähem« oder »Dingsda«: Lass uns »Dingsda« machen, wollen wir »Ähem«? Aber dann stellten wir fest, dass Take auf »Wollen wir?« genauso reagierte. Und da sie zweisprachig ist, funktionierte es bei »let's« wie auch bei »go« auf die gleiche Weise.

Wenn sie dann im Auto saß, tobte sie, bis wir unser Ziel erreicht hatten, mit verzweifelter Stimme, halb Heulen, halb Schreien. Das dröhnte mir nur so in den Ohren, weil sie ihren Kopf zwischen Fahrer- und Beifahrersitz vorschob, dazu wurde ich von ihr eingespeichelt. Sogar Nico ließ sich davon anstecken, sein Herzschlag erhöhte sich vor lauter Vorfreude, sein Atem ging stoßweise und er flüsterte mir immer wieder ins Ohr: »Hehehehehehehe«.

Es muss Jahre her sein, dass ich Take so erlebt habe, doch es kommt mir vor, als sei es erst neulich gewesen, dass ich mit ihr auf den Parkplatz des Parks fuhr, der nur einen Steinwurf entfernt ist, um mit ihr Fußball zu spielen. Selbst wenn es nur zum Fußballspielen ging, war Take aufgeregt und erwartungsvoll, alles Weitere wie oben.

Als sie dann alt wurde und nicht mehr Fußball spielen konnte und sich jedes Mal überschlug, wenn sie ins Auto steigen wollte, tat sie mir leid, und ich begann damit, nur noch in der Nähe mit ihr spazieren zu gehen, ohne das Auto zu benutzen. Aber diese Spaziergänge macht sie nur widerwillig, sie sind für Take einfach nicht interessant.

Take will nun nicht mehr spazieren gehen.

Wenn sich alte Leute nicht mehr bewegen, verkümmern ihre Muskeln, das ist allgemein bekannt. Also streue ich Hundekekse, um Take damit aus dem Haus zu locken. Nico leine ich an, aber nicht Take. Wenn ich sie an die Leine nähme, würde sie sich nicht mehr von der Stelle rühren, sobald wir draußen wären. Wenn sie aber nicht angeleint ist, hat sie keine andere Wahl, als mir zu folgen. Auch das, scheint mir, muss man wohl Hundeherz nennen.

Um Take ihren Spaziergang im Freien so vergnüglich wie möglich zu gestalten, gab ich ihr wie bei Hänsel und Gretels Wegmarkierung ein Bröckchen Hundekeks nach dem anderen.

Als beim Haus nebenan, das zum Verkauf stand, noch die Bauarbeiter auf dem Grundstück zugange waren, schauten sie uns zu und fragten mich lachend, ob wir für jeden Schritt eine Bestechung bräuchten. Amerikanische Machomänner mögen Machohunde. Noch nachsichtiger sind sie gegenüber alten Deutschen Schäferhunden, die in ihrer Jugend vermutlich sehr gut ausgesehen haben müssen.

Take starrte die Kekse an und setzte sich widerwillig in Bewegung. Eine Szene wie aus der Rehabilitation eines alten Mannes übernommen. Manchmal rutschte sie aus und fiel hin, dann schaute sie mich mit einem »Ach«-Blick an. Es war ein trauriger Blick, den ich einem Hund niemals zugetraut hätte. Und ich habe gesehen, wie mein Vater oft den gleichen Ausdruck zeigte, wenn er stürzte.

Und dann noch eine Parallele: Dass er beim Gehen tröpfchenweise seinen Darm entleert, erzählte mir mein Vater am Telefon. Sein Schließmuskel sei ausgeleiert, auch wenn er nichts täte und nicht einmal locker ist, flutschte es einfach nur so raus. Gewiss wollte mir Take genau dasselbe sagen. Mein Vater trägt Windeln, alles, was damit zu tun hat, erledigt er selbst, aber bei Take muss ich ran. Wenn ich nicht aufpasse, bleibt womöglich was liegen.

Erst neulich war's, da sah ich, als ich mich umdrehte, dass auf dem Weg, den wir gekommen waren, in Abständen von Takes Schrittlänge Kothäufchen lagen. Eilig lief ich zurück, um sie aufzusammeln, da bemerkte ich, dass neben den frischen Häufchen noch weitere waren, von einem Auto plattgewalzt, aber in denselben Abständen wie Takes Schrittlänge abgesetzt. Kein Zweifel, sie stammten vom Vortag. Da war nichts zu machen. Ich versuchte, sie mit den Fingernägeln durch die Plastiktüte hindurch abzuziehen, aber dabei riss die Tüte. Das passiert immer wieder. Ein Kothaufen ist natürlich eklig, aber wenn er von Take ist, dann ist es nicht ganz so eklig.

Nur noch ein kleines Stückchen

Ich habe eine einfache Hundetreppe gekauft. Damit Take in das Auto ein- und aussteigen kann. Vorgehabt hatte ich das schon längst, aber die für große Hunde sind ziemlich teuer und schwer zu finden. Zum einen wär's schade, wenn sie sie nicht nutzen würde, zum anderen hatte ich sie noch nicht besorgt, weil ich in den Geschäften keine fand. Aber dann sah ich zufällig eine in einem Drugstore, ein billiges, winziges Ding (umgerechnet vielleicht etwas über 1000 Yen), das angeblich auch für große Hunde geeignet sei, und ich dachte, wenn sie's nicht nutzt, auch nicht schlimm, also kaufte ich die Treppe.

Take kann nur über die linke Seite in das Auto einsteigen. Das hat einen Grund, den wir nicht kennen. Ich öffne also die Tür auf der linken Seite. Take will hineinspringen. Sie sackt auf die Hinterbeine und fällt in sich zusammen. Wenn sie Pech hat, überschlägt sie sich. Und dann ist sie niedergeschlagen. Das kann ich kaum mitansehen, denn sie sieht genauso aus wie mein deprimierter Vater, der beim Versuch, zur Toilette zu gehen, hinfiel und sich einnässte.

Ich stellte die billige Treppe auf der linken Seite des Wagens auf. Unter Takes Gewicht verbog und verformte sich das Ding, sie taumelte vor lauter Schwung, aber sie fiel nicht mehr herunter und kippte auch nicht um. Kaum war sie im Wagen, hatte sie schon vergessen, wie sie mit der neuen Einstieghilfe reingekommen war, und schimpfte wie in alten Zeiten: »He! Was machst du denn? Du bist spät dran!« Mit gefletschten Zähnen forderte sie Nico auf, einzusteigen.

Eigentlich war mir danach, Take zu ermahnen, sich zu beruhigen und sich ordentlich hinzusetzen, und ihr dann zu sagen: »Schau mal, ich hab dir das gekauft, so sorge ich für dich!«

Mein Wagen ist ein Toyota RAV4, ein robustes, großes Familienauto, das ich gewählt hatte, damit mein Mann einsteigen konnte, ohne sich bücken zu müssen. Damals war Take noch jung. Nur mein Mann war alt und hatte Probleme mit Hüfte und Beinen, und es fiel ihm schwer, sich zu bücken. Doch im Laufe der Zeit überholte Take ihn altersmäßig, und sie hatte größere Probleme mit Hüfte und Beinen als er. Das hatte ich nicht bedacht! Viel öfter als mit meinem Mann ging ich mit Take nach draußen.

Ich nahm Take in diesem Auto überallhin mit, zum Einkaufen und zum Spazierengehen. In diesem Teil von Kalifornien weht der Wind manchmal aus der Wüste. Es ist ein glühend heißer Wind. Nur in solchen Fällen ließ ich sie zu Hause. Aber sonst waren wir immer zusammen. Deshalb stinkt mein Auto furchtbar nach Hund. Da hilft keine noch so gute Reinigung oder Desodorierung. Es riecht nicht nur schlecht, sondern ist auch voller Hundehaare, sodass ich an dem Tag, an dem ich etwas Schwarzes trage, auf Probleme gefasst sein muss.

Wegen des Hundegeruchs wollen weder mein Mann noch Sarako Take in ihrem Auto mitnehmen. Folglich riechen ihre Autos nicht nach Hund und sind auch nicht verhaart. Aber wenn wir Gäste haben, muss ich meinen Wagen benutzen, denn er ist der größte von allen. Und natürlich stößt das auf keine große Gegenliebe!

Mit der Zeit schaffte es Take nicht mehr, in den Wagen zu steigen. Sie knickte weg, sackte in sich zusammen und war niedergeschlagen. Die einfache Treppe half ein paar Mal, aber selbst damit wurde es schwierig. Jetzt benutzen wir das Auto nicht mehr für Spaziergänge. Und ich nehme Take auch nicht mehr zum Einkaufen mit.

Spaziergänge mit ihr sind nur noch kurz. Wir gehen vom Haus bis zum Ende der Straße und wieder zurück, das reicht schon. Früher hätte das überhaupt nicht gezählt. Heutzutage ist selbst das schon mühselig. Nicht nur, dass sie kaum zum Gehen zu bewegen ist, sie bleibt nach kurzer Strecke stehen und signalisiert mir »ich geh wieder heim«, also kommen wir nur voran, wenn ich ihr während des Gehens einen Hundekeks hinhalte. Den halte ich ihr direkt vors Maul und sage: »Ruhig, ruhig, Take«, während ich ihr den Keks ins Maul stecke. Anderenfalls würde sie nämlich blindlings danach schnappen und zerbeißen, was ihr zwischen die Zähne kommt. Nicht nur, dass sie nicht mehr sieht, sondern sie hat auch keine Kontrolle mehr über ihren Kiefer, das kann gefährlich sein.

Bei einer Seelöwenvorführung, die ich einmal gesehen habe, nahm der Dompteur immerzu Fische aus einem Behälter an seiner Hüfte und verfütterte sie an die Tiere. So komme ich mir jetzt vor.

Take geht gemächlich und ohne Leine. Das ist sicher ein Anblick, als würde ein alter Hund in der Gegend herumstreichen. Die Leute, die mich mit ihr sehen, denken vielleicht, dass ich einen alten, widerwilligen Hund nicht zum Laufen zwingen sollte. Tatsächlich bin ich schon des Öfteren angesprochen worden. Einige Leute lächelten mich aus vorbeifahrenden Autos an oder sahen uns mitleidig zu. Es gab sogar Leute, die sich die Mühe machten, ihr Auto anzuhalten und mit mir zu sprechen.

Wenn ich Take rufe, hört sie mich nicht. Deshalb muss ich sie immer im Blick behalten.

Früher war sie sofort zur Stelle. Ich brauchte nur »come!« zu rufen, schon war sie da. Wenn ich »down« rief, legte sie sich schlagartig auf den Boden. Selbst wenn sie in rasantem Tempo auf mich zuraste, war es nicht schwer, sie mit einem einzigen »down« dazu zu bringen, sich sofort hinzulegen. Mit einem einfachen Handzeichen konnte ich Take aus der Ferne zum »Sitz« bewegen. Sie blieb sitzen, bis ich sie wieder freigab. Oh, sie war ein traumhafter Hund. Das Einzige, woran sie sich jetzt noch erinnern kann, ist das japanische Wort für »ruhig, ruhig«. Nur noch Japanisch.

Ich hätte früher nie gedacht, wie sehr es mich verunsichert, wenn ein Hund auf »komm her!« nicht reagiert. Was würde passieren, wenn ein anderer Hund hinter mir auftauchte? Was ist, wenn plötzlich ein furchterregender Pitbull aus der Straße dort um die Ecke biegt? — Der Pitbull ist nicht erschienen, wohl aber ein Labrador Retriever. Und er hat angegriffen. Ich will Ihnen die Geschichte erzählen. Zwar kam es früher schon mal vor, dass Take einen anderen Hund attackierte, aber dass ein anderer Hund Take angreift und dann auch noch verschwindet, das hätte ich mir nicht vorstellen können.

In einer Seitenstraße, etwas abseits der Hauptstraße, auf der wir immer gehen, leben zwei Hunde. Ein schwarzer Labrador Retriever und ein Chihuahua-Mischling. Diese beiden Hunde reißen oft von zu Hause aus und streichen durch die Gegend. Wenn sie unsere Hunde sehen, knurren sie und greifen an. Einen wilden Chihuahua und einen wilden Labrador kann man sich eigentlich gar nicht vorstellen, und zuerst dachte ich, es sollte spielerisches Kabbeln sein, aber von wegen! Sie gingen mit gefletschten Zähnen auf uns los und bissen zu, damit hatte ich nicht gerechnet.

Der Labrador Retriever steht im Ruf, sanftmütig zu sein, während der Deutsche Schäferhund ein aggressives Image hat. Als Take noch jünger war, hätte sie (mit ihm) ein leichtes Spiel gehabt. Und ich hätte dann eine Rechnung für die Behandlungskosten bekommen. So hatte ich es oft genug erlebt. Aber bei dem Angriff neulich war's umgekehrt mit dem leichten Spiel. Zwar erhob Take mächtig ihre Stimme, doch knickte sie dauernd ein. Nico wehrte sich tapfer, aber er war zahlenmäßig und waffentechnisch unterlegen. Ich hob Nico auf und rannte weg, wobei ich Take mitschleifte, aber der Labrador und der Chihuahua verfolgten uns bis auf unser Grundstück unter fürchterlichem Gebell. Von da an nahm ich mich in Acht, und sobald ich die Hunde auf der anderen Straßenseite entdeckte, nahmen wir in wilder Hast Reißaus und versteckten uns.

Früher, als wir Take zur Hundeschule brachten, sagte mir einmal ein erfahrener Trainer, wenn Hunde anfangen zu kämpfen, solle der Halter dazwischengehen, sich vor den anderen Hund stellen und sich beißen lassen, das sei viel billiger. Ich lachte, weil ich dachte, das sei ein Scherz, aber es stimmt. Besonders in diesem Land, in dem die Tierarztrechnungen abenteuerlich hoch sind.

Wenn wir vom Spaziergang zurückkommen, gebe ich den Hunden Milch. Es ist eine Art Ritual.

Zuerst gebe ich Take Milch, dann Nico und dann wieder Take. Wenn sie nicht öfter und auch nicht mehr bekommt, ist Take nicht zufrieden. Deshalb zieht sich das Milchritual immer so hin. Aber wie ich's auch anstelle, Take hat ihre Milch im Nu getrunken und wendet sich dann sofort Nicos Napf zu und starrt ihn an, und Nico wagt nicht mehr, seine eigene Milch anzurühren, also trollt er sich wütend davon und überlässt Take seine Milch. Auch dies ist Teil des Rituals.

In Vorfreude auf dieses Ritual rafft sich Take zum Spaziergang auf. Wenn wir nach Hause kommen und Nico noch gelangweilt am Briefkasten schnüffelt, schlüpft sie schnell allein ins Haus. Dann stellt sie sich vor ihren Napf und wartet. Sie kann es nicht erwarten, bis die Milch im Napf ist, also trinkt sie direkt aus der Milchflasche, wenn ich ausgießen will, jedes Mal schimpfe ich mit ihr, wenn sie aus der Flasche trinkt, aber das ignoriert sie natürlich.

Ein paar Kotgeschichten

Ich befürchte, Ihnen als Lesern wird es langsam unangenehm, dass hier immer wieder von Fäkalien die Rede ist. Das ist ein Thema, das viele Menschen nicht mögen, so viel ist klar. Vielleicht sollte ich als Untertitel hinzufügen: »Nicht während des Essens lesen«! Aber seien wir ehrlich, das Leben mit einem Hund dreht sich um Kacke. Rückblickend kann ich sagen, in den letzten vierzehn Jahren ist kein Tag vergangen, an dem ich nicht Takes Haufen gesehen oder durch die Haut einer Plastiktüte hindurch angefasst hätte. Nicht selten hatte ich aus verschiedenen Gründen ihren Kot sogar an meinen Händen. Jedenfalls öfter als meinen eigenen Kot!

Die Geschichte, die ich jetzt erzählen werde, ist etwa drei Monate her. Wie ich bereits erwähnte, entsprechen drei Hundemonate bei Menschen drei Lebensjahren. Mit anderen Worten: Wenn Take heute etwa hundert ist, war sie damals etwa siebenundneunzig Jahre alt.

Kaum saß sie im Auto, musste sie scheißen. Eine gute Kacke, mit Vogelfutter gemischt. Und dann fraß Take sie plötzlich auf. Nicht mampfend, nicht kauend, sie schlang sie einfach in einem Zug herunter.

Ich war entsetzt.

Ich war entsetzt, dass sie Fäkalien fraß. Ich war aber auch entsetzt, dass Take mit großer Selbstverständlichkeit alle unsere Tabus – Penis, Schamhaare, Menstruation und so weiter – noch übertraf.

Eines ist ja wohl klar: Wir essen keine Fäkalien. Erst recht nicht die eigenen. Auch wenn es Menschen gibt, die ihren eigenen Urin trinken (ich hatte einmal eine Zeit, in der mein Arzt mir nach einer körperlich und seelisch anstrengenden Reise nach Indien eine Urintherapie empfahl, die habe ich befolgt), unsere eigenen Fäkalien aber verzehren wir nicht. Ich hatte mitbekommen, dass Take manchmal im Parkdickicht Fäkalien fraß, aber das waren menschliche Ausscheidungen. Sie tat es vollkommen natürlich, ohne viel Aufhebens, als ob sie es gar nicht bemerken würde, so wie wir manchmal einen Hautfetzen oder einen abgekauten Nagel runterschlucken (Was? Das machen Sie nicht?). Im Handumdrehen hatte sie den Kot gefressen.

Zum letzten Mal erschrak ich auf diese Weise, als Take noch jung war und ich mit ihr und Nico durch den Park spazierte und sie im Dickicht ein totes Kaninchen fand und es mit dem Kopf voran verspeiste, bevor ich Zeit hatte, sie davon abzuhalten. Nein, damals hätte ich sie aufhalten können, wenn ich es gewollt hätte. Ich hätte sie nur am Kopf festhalten und ihr den Kadaver aus dem Maul ziehen müssen. Aber ich konnte den Kadaver nicht anfassen. Obwohl es mir nichts ausmacht, von Fäkalien zu reden, bringe ich's nicht über mich, einen Kaninchenkadaver anzufassen.

Es handelte sich nicht um einen frisch verendeten Kadaver, sondern um einen über Nacht getrockneten. Der wurde in Takes Maul zermalmt, und nur die Beine baumelten noch heraus, bevor auch sie verschluckt wurden. Ich staunte über die Zähigkeit und das Grauen, die einem Raubtier innewohnen. Mehr noch, mir kam das sogar schön vor.

Nachdem Take fertig gefressen hatte, stellte sich Nico, der das Ganze mit dem gleichen fassungslosen Gesichtsausdruck wie ich beobachtet hatte, auf seine Hinterbeine, streckte sich und leckte Take das Maul. »Das würde ich auch gerne essen, wie schmeckt es denn?«, flüsterte er Take zu, ganz selbstvergessen, doch floss anscheinend auch in seinen Adern Raubtierblut (ist doch so!).

Doch zurück zum Kot. Den hatte sie nun mal gefressen, da war nichts zu machen. Ich wollte sie aus dem Auto lotsen, um den Rest zu entsorgen, aber Take war voll auf den Spaziergang fixiert, ihr war nicht danach, wieder aus dem Auto zu steigen, also stampfte sie mit den Füßen und winselte: »los, los«. Stattdessen würde sie jetzt weiter darauf rumtrampeln, es würde eine einzige matschige Pampe werden, verteilt im ganzen Wageninnern, das sowieso schon nach Hund stank, und jetzt auch noch nach Hundescheiße, ob man das überhaupt je wieder abwaschen könnte? Ich war total schockiert und aufgebracht, beruhigte mich aber schnell wieder und ließ mir sofort eine Gegenmaßnahme einfallen, stoppte Take lautstark, und als sie innehielt, rollte ich den Kot in die Decke ein, die zum Schutz vor den Hundehaaren auf dem Rücksitz lag, zog sie ab und nahm den Rest geschickt in einem Stück auf.

Aber das war noch nicht das Ende der Geschichte. Ein paar Tage später passierte es wieder. Wieder kackte sie ins Auto, fraß es aber nicht. Solange sie es nicht frisst, ist es nur der übliche unabsichtlich abgesetzte Haufen. Das kannte ich ja. Also fackelte ich nicht lange, machte kein Theater, sondern räumte es einfach still weg. Zum ersten Mal regte ich mich richtig auf, als Take ihren Kot fraß.

Auch hier handelte es sich nicht um Durchfall, sondern um guten, normalen Stuhl. Wie naiv, sich vorzustellen, dass sie in diesem Fall aus Leibeskräften ihren Anus hätte zuklemmen sollen. Es war schon lange her, dass Take beim Spazierengehen nach Hundemanier ihr Geschäft mit zusammengepresstem Hinterteil erledigte. Die Muskeln um den Anus hatten sich gelockert, der Kot tropfte unwillkürlich heraus. Das bedeutete, sie bemerkte gar nicht mehr, dass sie kotete. Und genau das war auch bei meinem Vater der Fall.

Wenn ich mit meinem Vater, der allein lebt, telefoniere, sprechen wir meistens über Durchfall und Stuhlgang; manchmal rührt es mich, wie wesentlich die Ausscheidung das menschliche Leben bestimmt. Wenn ich zurückdenke, galt das ja auch bei Schwangerschaft und Kindererziehung. Es fängt mit der Ausscheidung an und endet mit der Ausscheidung. Und in der jetzigen Lebensphase meines Vaters bin ich wieder mit der Ausscheidung konfrontiert. Das ist das Leben.

Mein Vater sagt, oft finde er auf der Toilette, ohne es bemerkt zu haben, Kot in seiner Windel (er ist ein Liebhaber von Höschenwindeln). Das sei ein Schock, wenn er's entdeckt, sagt er. Er würde weder merken, wenn's rauskommt, noch hätte er Stuhldrang.

»Ich kann dir das ja sagen, wir sind schließlich Familie«, sagt mein Vater ein wenig verschämt, aber dennoch von dem Wunsch beseelt, es mir zu erzählen. Wenn ich wieder in Kumamoto bin, spricht er auch beim Essen darüber. Sprach ich als Kind während des Essens solche Themen an, warf mir mein Vater einen strengen Blick zu und erklärte: »Über so was spricht man nicht beim Essen.« Jetzt spricht mein Vater, egal ob wir essen oder nicht, jederzeit davon und fügt dann hinzu: »Ich hasse Altwerden.«

Für Take gibt es kein »Ich hasse Altwerden«. Kein »Es ist passiert, da kann man nichts machen« und auch kein Empfinden für Schmutzigkeit.

Und auch wenn sie vermutlich spürt, dass es wohl essbar ist, scheint sie es nicht zu riechen oder zu schmecken. Als es im Auto passierte und sie rumwinselte »los, los« und auf dem Kot herumtrampelte, dachte sie sich nichts dabei. Und ich hatte vermutlich auf den Gestank überreagiert. Für mich war klar, dass das nichts Essbares war. Aber warum ich so denke oder warum ich zutiefst überzeugt bin, das auf keinen Fall verzehren zu wollen, kann ich letztlich nicht erklären.

Takes Zimmer

Es war ein Drama, als Take zum ersten Mal auf ihr Bett machte.

Alle haben es gesehen. Take, die auf dem Bett gelegen hatte, drehte sich stöhnend um. Die Mädchen und ich sahen es. Take war halb aus ihrem Bett gefallen und konnte sich nicht mehr aufrichten, sie hatte einen klagenden Gesichtsausdruck. Oje, wir eilten zu ihr, da war Kot auf dem Bett. Und sie konnte nicht mehr aufstehen. Oder hatte sie eingekotet, weil sie zu schwach war, aufzustehen?

Der Kot war nicht fest. Wir hatten Mitleid mit ihr, jeder sagte etwas, »macht nichts, macht nichts, sowas passiert dauernd (wirklich?), das passiert jedem, wenn er alt wird (das stimmt!)«, so munterten wir sie auf und trösteten sie. Take war einverstanden, schließlich stand sie auf und verließ das Zimmer, da ging es dann mit Durchfall weiter. Wir brachten erst einmal ihr Bett wieder in Ordnung. Nahmen den Bettbezug ab und steckten ihn in die Waschmaschine. Ihr Hundebett war noch ganz neu, erst vor kurzem gekauft. Weich und flauschig, wenn Take sich draufsetzte, sank sie ein. Ganz anders als die brettharte Unterlage des vorigen Betts, vielleicht konnte sie sich deshalb in ihrer Notsituation nicht richtig bewegen. Also holten wir das alte, brettharte Bett wieder heraus, und nun thront sie wieder auf diesem.

Doch seither liegen um ihr Bett herum, auch wenn sie gar nicht da ist, immer wieder zwei, drei Köttel. Ach, schon wieder, und schon wieder, sagen wir einander, und irgendwann gewöhnten wir uns daran.

Aber an diesem Tag saß Take auf ihrem Hundebett zu meinen Füßen, und ich stand vor meinem Schreibtisch. Plötzlich roch etwas, ich schaute Take an, die mit einem leeren Gesichtsausdruck dasaß, unter ihrem Schwanz lag ein Haufen. Dass es plötzlich riecht, kommt oft vor, und meistens ist es ein Furz.

Oje, jetzt bin ich in diesem total verkoteten Text auch noch beim Furz gelandet — Tut mir leid. Aber es lässt sich nicht vermeiden.

Seltsamerweise furzen Hunde nicht so laut wie Menschen. Hundefürze sind immer leise. Als die Kinder und Take zusammen auf dem Rücksitz im Auto saßen, riefen sie: »Take stiiinkt! Take hat gefurzt!« Vom Fahrersitz aus habe ich es nie gerochen.

Jetzt aber liegt sie in meinem Zimmer zu meinen Füßen. Und ich merke nun, wie oft sie furzt.

Dass man öfter furzt, wenn man älter wird, und dass bei Frauen nach den Wechseljahren die Muskeln hier und da schwächer werden, mit Fürzen und Blasenschwäche, das sind ja bekannte Tatsachen, nein, ich rede nicht von mir. Wenn Take eine Menschenfrau wäre, wären es nicht die Wechseljahre, sie ist ja prächtige hundert Jahre alt, ist doch klar, dass jedes Loch, jeder Muskel locker, locker, locker ist.

Außerdem kennen Hunde von Natur aus nicht die Scham und Verlegenheit in der Öffentlichkeit wie wir Menschen, die sich womöglich mit dem Älterwerden abschwächt, weshalb alte Menschen vielleicht dazu neigen, in der Öffentlichkeit zu furzen, das also trifft auf Take nicht zu, jedenfalls furzt sie neben mir in meinem Zimmer ständig leise vor sich hin, und ich habe mich daran gewöhnt.

Aber dieses Mal stank es richtig. Als ich zu ihr hinsah, schaute sie mich mit Schmollblick an, sagte: »Keine Ahnung« und verließ den Raum. Drei ordentliche, musterhafte, mäßig harte Köttel blieben liegen.

Nachdem ich sie mit Klopapier aufgesammelt, die Toilette hinuntergespült, den Boden gewischt und das Fenster zum Lüften geöffnet hatte, kam Take mit ihrem Schmollblick zurück, sagte: »Keine Ahnung, wirklich!« und setzte sich wieder auf das Bett, als ob nichts gewesen wäre.

Dieser Ausdruck, der erinnert mich an irgendetwas.

Die Mutter meiner Freundin ist demenzkrank und macht sich manchmal in die Hose. Getrocknetes Kaka lag im Flur, sagte meine Freundin. In diesem Fall ist »Kaka« ein Wort aus dem Tokyoter Dialekt. Anders gesagt: Auch ich bin mit dem Wort »Kaka« aufgewachsen. Das Wort »Kacke« habe ich erst als Erwachsene gebraucht, als ich jünger war, fand ich es vulgär. Und jetzt kommt es mir sogar so vor, als ob im Wort »Kaka« eine Art Ehrerbietung mitschwinge. Gegenüber der Person wie der Kacke selbst.

Die Mutter schafft es aber auch sehr oft nicht, in die Toilette zu pinkeln, und macht auf den Boden, und als meine Freundin sie darauf hinwies, meinte sie: »Keine Ahnung.«

Takes »Keine Ahnung« wiederholte sich an drei Tagen hintereinander. Am ersten Tag räumte ich es still weg, am zweiten Tag versuchte ich's mit: »Jetzt hast du's wieder gemacht.« Am dritten Tag sagte ich: »He Take, jetzt reicht's aber!« Dann rief ich laut meine Tochter her und sagte: »Schau dir das an, Take hat wieder gekackt.«

Der Grund, warum wir in unserer Familie das Wort Kacke verwenden, ist der, dass mein Ex-Mann es benutzt hat. Als wir eine Familie gründeten und ich das Wort »Kaka« benutzte, sagte er: »Sag das nicht, das ist nicht in meinem Wortschatz, ich stelle mir da ein klebriges, halbdurchfallartiges Etwas vor, das sich sogar anfühlt, als würde es an deiner Hand kleben. Von nun an möchte ich, dass du es Kacke nennst.« Dieser Mann war mit der Sprache der Region Kansai in Westjapan aufgewachsen.

Kaka oder Kacke. Bei Hunden ist Beschönigen nicht nötig. Und gegenüber Hunden gibt's auch keinen Sprachmissbrauch. So einfach ist das. Ich kann blitzschnell wieder auf die Fäkalien zurückkommen.

Was bedeutet denn der Ausdruck »Keine Ahnung«? Fühlt sie sich wirklich unwohl, oder mag sie es nur nicht, dass in ihrem Revier Fäkalien liegen? Nachdem sie sich entleert hat, geht Take mit lässigem

Gesichtsausdruck ins Wohnzimmer. Und setzt sich dort aufs Bett. Wenn ich saubergemacht habe, kommt sie zurück.

So geht es weiter.

Eines Tages, als ich in meinem Zimmer arbeitete, roch ich etwas unter mir. Ich schaute nach und sah, dass Take schlief, Körper und Seele völlig entspannt. Sie schlief nur, kein Kot. Ich hob ihren Schwanz, aber da war nichts zu sehen. In meiner Hand hielt ich Takes Schwanz fest, ich konnte ihn fühlen und spürte auch das Gewicht des Schwanzes. Als ihr Schwanz angehoben wurde, schaute Take kurz hoch zu mir mit einem fragenden Blick »Was ist denn?«, schlief aber sofort wieder weiter. Als sie jünger war, sprang sie immer auf, wenn ich mich nur bewegte, egal wie sehr sie vorgab, zu schlafen. Jetzt bewegt Take sich nicht mehr. Sie atmet nur im Schlaf. Das Gewicht ihres Schwanzes in meiner Hand war das Gewicht ihres Seins. Sie furzt im Tiefschlaf. Sie furzt und wacht nicht einmal auf.

Es geht immer noch weiter.

Eines Tages, als ich mitten am Tag in meinem Zimmer arbeitete, hörte ich plötzlich ein Blubbern, und als ich hinunterschaute, sah ich Take auf dem Rücken liegen, wie sie ohne mit der Wimper zu zucken schäumenden Durchfall ausstieß. Ich wartete ab, bis sie fertig war, doch als sie fertig war, stand sie nicht auf. Fast so, als hätte sie gar nichts bemerkt.

Ich stand auf und sagte: »Take, komm her« und zeigte nach draußen, sie erhob sich träge, ging aus dem

Arbeitszimmer und setzte sich auf das Bett im Wohnzimmer, aber ihr Schwanz war voller Kot, überall klebte ihr Durchfall, auch auf dem Bett im Wohnzimmer und an ihrem Unterkörper.

Als ich ihr den Hintern abwischte, musste ich schrubben, um den Kot zu entfernen, aber wenn ich schrubbte, brach sie ein. Also griff ich von oben unter ihren Hüften durch und stützte sie mit meinem Arm, während ich schrubbte. Ihre Hüfte war dünn und knochig. Im Vergleich zu damals, als sie fünf oder sechs war, also nach Menschenmaß eine Frau von Format im mittleren Alter mit dicker, praller Taille, wirkte sie jetzt unvorstellbar schwach, hager, gebrechlich und klapprig, man hörte ihr Knochengestell förmlich klappern und rasseln.

Egal, wie sehr ich mich anstrenge, ich kann nicht abnehmen, weil ich jetzt die Physiologie und den Körper einer Frau mittleren Alters habe, wie damals Take.

Da fällt mir ein, wie meine Tante (sie ist achtzig), die früher sehr dick gewesen war, mit stolzem Unterton sagte: »Ich habe abgenommen.« Sie war die dicke Tante. Sie war die größte und die dickste von ihren Schwestern. Immer wenn meine Mutter, die ebenfalls groß und dick war, sie sah, warf sie ihr: »Oh, du hast ja schon wieder zugenommen« an den Kopf, was selbst für mein kindliches Gemüt kränkend klang. Sie sagte: »Ich habe abgenommen« und fügte hinzu: »Wenn man achtzig wird, nimmt jeder ab.«

Damals dachte ich, bis achtzig will ich nicht warten, aber wenn ich mich jetzt an diese Worte erinnere und Takes Körper betrachte, wird mir klar, dass Take nun in der gleichen Situation ist wie meine Tante, die mit achtzig Jahren endlich abgenommen hatte. Ja, vermutlich ist es so, wie sie sagte, wenn ich achtzig bin, werde ich vielleicht auch dünn und knochig werden. Wie meine Tante. Wie Take. Wie meine Mutter, die im Krankenhaus ans Bett gefesselt siech und ausgemergelt war. Wie mein Vater, der einen guten Appetit hat und nicht abnimmt, aber auch nicht zunimmt, wahrscheinlich wegen seiner Konstitution, nur sein Bauch wölbt sich so merkwürdig, weil sich seine Muskeln abbauen und seine inneren Organe nicht mehr stützen können.

Und als ich Take mit dem Arm umfing, kamen mir natürlich als Erstes der Körper und die Gliedmaßen meiner todkranken Mutter in den Sinn und die fragilen Beine meines Vaters (nicht so sehr der Torso). Ach, Pathos ist töricht. Aber mein Zimmer stinkt wirklich gewaltig.

Opfergaben darbringen

Takes Tage bestanden aus Essen und Spazierengehen, Spazierengehen und Essen.

Immer wenn sie ein »also«, ein »los« oder ein »wollen wir« hörte, explodierte Take vor lauter Vorfreude, rannte umher, hüpfte herum, stieß mit Dingen zusammen, machte Dinge kaputt, trat Nico weg, schnauzte ihn an und schnappte nach ihm. Wenn sie in mittlerem Alter zum Gassigehen ins Auto stieg, bellte und jaulte Take aus voller Kehle, bis wir das Ziel erreichten. Der Lärm war ohrenbetäubend. Alles war nass von herumfliegender Spucke. Ich versuchte es mit Schreien, warf mit Zeitschriften nach ihr, bespritzte sie mit Wasser und setzte noch das eine oder andere Mittel ein, aber alles vergeblich. Take bellte so lange, bis das Auto anhielt. Hab's ja schon erzählt. Selbst jetzt noch, wenn ich sie ins Auto setze, macht sie genau dasselbe. Das ist ihr Hundeherz, eine Prägung, eine feste Erwartung. Auch jetzt noch bellt sie und macht einen Aufstand, aber Spazierengehen ist nicht mehr ihr Ding.

Es ist mühsam. Es tut zwar nicht so weh, dass sie heulen muss, aber ihre Gelenke knirschen. Sie will nicht gehen. »Ach, wär' ich doch zu Hause geblieben und könnte mich hinlegen.« —

Der Spaziergang findet am späten Vormittag statt. Der Tau auf den Grasbüscheln trocknet ab. Die Sonne scheint auf das Gras und den Hund, die alten Knochen erwärmen sich, Vitamin D wird aufgenommen und die Pfoten hören auf zu schwanken. Um diese Zeit sieht Nicos Bauch nicht mehr wie ein nasser Lappen aus, auch wenn er ausgiebig im Gras herumstreunt.

Take schlendert träge in der Vormittagssonne umher. Manchmal bleibt sie stehen, es sieht aus, als wolle sie zurück nach Hause. Indem ich sie mit Hundekeksen ködere, bringe ich sie trickreich zum Gehen. Take schnappt gierig nach den Keksen. »Ruhig, ruhig«, rede ich ihr zu, und ruhig, fressend, geht sie weiter.

Und ich denke an meinen Vater.

Genau das wollte ich mit ihm machen. Ihn aufstehen und gehen lassen.

Ihn dem Sonnenlicht aussetzen und mit ihm in den hinteren Park *ziehen*, das wünschte ich, doch er war *allzu fern*. Zumindest könnte er auf den Gängen seines Apartmenthauses auf und ab gehen. Und wenn das nicht klappt, dann wenigstens in der Wohnung zwischen Haustür und Wohnzimmer. Das trainiert die Muskeln, sagt die Haushalts- und Pflegehilfe, die ihn in seinem Alltag unterstützt, und ich stimme ihr zu, doch er weigert sich hartnäckig, sich zu bewegen. Aber Take, egal wie unzufrieden sie ist, tut, was wir von ihr verlangen. Deshalb mache ich das hier. Hier kümmere ich mich so liebevoll um den Hund, wie ich es eigentlich bei meinem alten Vater tun würde.

Ich beobachte sie auf Schritt und Tritt, wische ihr den Kot weg, wenn er abgeht, und stütze sie, wenn sie schwankt. Ich rede ihr von morgens bis abends gut zu, lobe sie, wenn sie frisst, und wenn sie schläft, mit einem Gesicht, das aussieht, als wäre sie tot, lausche ich ihrem Atem. Ich frage mich, ob es das ist, was mein alter Vater, der allein in Kumamoto lebt, von mir erwarten würde.

Was heißt, ich frage mich? Ich weiß es ja. Ich weiß genau und es schmerzt mich, dass mein Vater das und nichts anderes wünscht. Er will nicht allein sterben. Er will nicht allein sterben. Er will nicht allein sein. Er will nicht allein sein. Aber die Umstände lassen es nicht zu.

Es ist doch so, dass man jedem und überall Liebesdienste erweisen sollte, so wie man dem Buddha Opfergaben darbringt, denn sie werden zu Opfergaben für den Buddha und fallen zugleich auf einen selbst zurück, nicht wahr?

Vor langer Zeit schon hat mir ein Mentor erklärt: Was man von einem Lehrer an Unterstützung erhalten hat, kann man nicht direkt erwidern, stattdessen nimmt man sich derer an, die nach einem kommen, so lassen sich erhaltene Wohltaten vergelten. Und so habe ich mich um die jungen Leute gekümmert, die zu mir nach Hause kamen, aus Dankbarkeit für seine Güte.

Ach, möge doch die Fürsorge für die Alten als Opfergabe für den Buddha und als Dank für empfangene Wohltaten wirken! Was ich fremden Alten an Fürsorge zuteilwerden lasse, möge den eigenen Alten als Wohltat erwidert werden. Und wie ich mich um meinen alten Vater und den alten Hund kümmere, das möge sich in Fürsorge auch für andere Alte niederschlagen.

KAPITEL 3

Louis' Großvater

Der Großvater von Louis

Mein Vater starb. Es geschah kurz nachdem ich den Abschnitt »Opfergaben« im vorigen Kapitel beendet hatte. »Möge doch die Fürsorge für die Alten als Opfergabe für den Buddha und als Dank für empfangene Wohltaten wirken! Was ich fremden Alten an Fürsorge zuteilwerden lasse, möge den eigenen Alten als Wohltat erwidert werden. Und wie ich mich um meinen alten Vater und den alten Hund kümmere, das möge sich in Fürsorge auch für andere Alte niederschlagen«, das hatte ich gerade erst geschrieben.

Kurz zuvor war ich wieder in Kumamoto gewesen. Mein Vater hatte stark abgebaut. Aber ich hätte nie gedacht, dass er zehn Tage später sterben würde. Wenn ich zu ihm fahre, erholt sich mein Vater normalerweise wieder. Ich dachte also, es würde ihm mit der Zeit besser gehen, aber dann verschlechterte sich sein Zustand rapide. Er konnte nicht essen, verlor seine Stimme und konnte auch nicht mehr laufen. Er, der sich stets geweigert hatte, ins Krankenhaus zu gehen, sagte, er wolle ins Krankenhaus, wenn ich weg wäre (ich musste nach Tokyo).

Am nächsten Tag kam ein Wagen vom Krankenhaus, um ihn abzuholen. Nachdem ich meinen Vater übergeben hatte, setzte ich Louis in mein Auto und fuhr ins Krankenhaus. Meinem Vater sagte ich: »Ich komme wieder, sobald ich meinen Text für die Deadline fertig habe«, und nahm Louis mit zu mir nach Hause (ich wohne getrennt von meinem Vater in meinem eigenen Haus. Dort schlafe ich nachts und arbeite auch dort) und beendete das Manuskript. Das dauerte ein paar Stunden. Anschließend fuhr ich mit Louis wieder zum Krankenhaus. Der Krankenhausparkplatz war überdacht und sicher. Ich ließ Louis im Auto zurück und rannte hinein, nicht ahnend, dass Vater zehn Minuten später sterben würde. Der behandelnde Arzt ahnte es auch nicht. Und Louis auch nicht.

Als ich auf der Station ankam, war der Arzt da, erklärte mir Vaters Zustand und besprach, was geschehen sollte, falls ihm während meines Aufenthalts in Tokyo etwas passieren würde. Das könne durchaus sein, meinte er, ich nahm mich also zusammen und betrat das Krankenzimmer. Mein Vater schien zu schlafen. Ich fand, dass er sehr blass aussah, toter als sonst, und dann machte er zwei tiefe Atemzüge. Ich sah ihn an, aber er atmete nicht mehr. Gerade als ich dachte: »Oh, Vater atmet nicht«, stürzte der Arzt herein und sagte: »Frau Ito, sein Herz schlägt, aber er atmet nicht.« »Hiromi-san, halten Sie seine Hand«, hieß es, also ergriff ich seine rechte Hand. Ich spürte den Puls. Der Arzt hielt seine linke Hand und starrte auf den Monitor. Der gab weiter monotone Geräusche von sich. Sie wurden immer eintöniger. Irgendwann hörte der Puls auf zu schlagen. Der Arzt schaute auf die Uhr und sagte die Zeit an.

Danach war es hektisch. Louis wurde zum Tierarzt in Pflege gegeben. Und dann Tokyo und die Beerdigung. Meine älteste Tochter, Kanoko, hielt sich zufällig in Japan auf. Sie war schwanger und aus Kalifornien angereist, um ihrem Großvater und ihrem japanischen Vater ihren neuen Mann und ihren dicken Bauch zu zeigen.

Sie zeigte ihrem Opa ihren Bauch. Er gab ihr auch etwas Geld zur Gratulation. Und während sie ihren Vater besuchte, starb ihr Großvater. Sie schaffte es noch rechtzeitig zur Beerdigung. Ich holte Louis vom Tierarzt ab und verbrachte ein paar Tage mit ihm und Kanoko. Dann reiste Kanoko heim nach Kalifornien und ich war mit Louis allein. Nach einiger Zeit gab ich Louis beim Tierarzt ab und flog allein nach Kalifornien zurück. Und es gab niemanden mehr in Kumamoto.

Hier habe ich Take. Ich habe gleichzeitig Takes Altwerden und das Altwerden meines Vaters erlebt. Jetzt, wo mein Vater nicht mehr da ist, ist es fade. Take altert weiter, doch ihr dabei zuzusehen, löst bei mir nicht mehr das gleiche herzzerreißende Gefühl der Trauer und Ungeduld wie zuvor aus. Mich um Take zu kümmern in der Erwartung, dass es meinem Vater zugutekommen würde, war nicht mehr möglich. Alles, was mir bleibt, ist Bedauern und der Wunsch, ich hätte noch dies oder jenes getan.

Aber dann ist da noch Louis, der jetzt schon lange im T-da Tierhospital untergebracht ist. Upps, ich habe ihn noch gar nicht vorgestellt.

Louis ist der Hund meines Vaters. Er ist elf Jahre alt.

Vor elf Jahren habe ich ihn meinem Vater und meiner Mutter aufgedrängt. Ich hatte mir gedacht, ein Hund würde das schäbige Leben von zwei alten Menschen viel lebendiger machen. Und ja, ihr Leben war dann sehr lebendig. Drei Jahre später wurde meine Mutter jedoch ins Krankenhaus eingeliefert. Sie kam nie wieder zurück. Mein Vater blieb mit Louis allein. Wie sehr wir alle in den acht Jahren, seit Mutter nicht mehr da war, auf diesen Hund angewiesen waren! Er war ein großartiger Pflegehund. Manchmal beschwerte sich mein Vater: »Louis redet überhaupt nicht mit mir.« Aber er sagte auch: »Wenn ich schlafe, legt sich Louis auf mich.« Dieses Gewicht war die einzige Wärme, die mein Vater täglich spüren konnte.

Also, die Rasse – hm, früher war er ein Papillon.

Nachdem meine Mutter nicht mehr da war, bestand die einzige familiäre Freude meines Vaters darin, sein Essen mit Louis zu teilen. Nachdem er jeden Tag so viel gefüttert wurde, quoll Louis auf und wurde dick und ist jetzt eher ein Corgi als ein Papillon. Er hat ein rundes Gesicht und Kulleraugen wie ein Corgi, und seine Ohren, die in seinen jungen Jahren so groß waren, sind jetzt relativ klein.

Außerdem leidet er an Epilepsie. Wenn er einen Anfall hat, spannt sich sein ganzer Körper an und zittert, er pinkelt und Schaum tritt aus dem Maul. Er wacht nach einigen oder zig Minuten auf und versteckt sich dann im Dunkeln. Er verschwindet hinter Möbeln oder unter der Veranda und kommt einfach nicht mehr heraus. Mein Vater sorgt sich, sucht ihn überall und bückt sich, um ihn zu finden, was dazu führt, dass er hinfällt, und so gab es des Öfteren richtigen Stress. Nach einer Weile kommt Louis wieder hervor, ist aber immer noch unsicher auf den Beinen, mit verschwommenem Gesichtsausdruck. An seinem Körper klebt der Schaum aus seinem Maul. Es dauert etwa einen halben Tag, bis er endlich wieder auf die Beine kommt. Deshalb nimmt er jeden Tag eine Reihe von Medikamenten ein, die ihm der Tierarzt verschrieben hat. Es ist ganz dasselbe wie bei meinem Vater, der täglich eine Menge Medikamente schluckt.

Louis hat auch eine Zunge, die ihm ständig rechts aus dem Maul hängt. Das kommt wahrscheinlich von der Epilepsie. Er muss sich bei einem Anfall einen Nerv in der Zunge abgebissen haben oder so ähnlich. Es sieht absolut hässlich aus, wie die Zunge da so lang heraushängt. So etwas, so eine lange Zunge habe ich noch nie gesehen!

Doch neben Fettleibigkeit, Epilepsie und heraushängender Zunge gibt es noch Weiteres. Seine Bauchspeicheldrüse ist angeschlagen. Und er hat es auch mit dem Herzen.

Der Tierarzt sagte mir, fettiges Futter sei ein absolutes Tabu. Menschliche Nahrung sei für ihn Gift, hieß es. Dessen ungeachtet bemühte sich mein Vater, die leckersten Stücke von seinem Essen mit Louis zu teilen. Das Leckerste kann fettiges Fleisch oder Frittiertes sein. Beim Essen drängt sich Louis mit seinem ganzen Körper an Vater und fordert ihn lauthals auf. Der sagt »Ist schon gut! Sei doch mal still!« und steckt ihm dies und das mit seinen Stäbchen ins Maul. So haben sie zusammen gelebt.

Drei Tage vor Vaters Tod ist Louis ausgebüxt.

Der Hausmeister dachte wohl: »Nanu, da benutzt jemand die automatische Tür, aber kein menschliches Wesen.« Da war es bereits zu spät. Ich wurde benachrichtigt und eilte herbei, der Hausmeister hatte ihn schon überall mit ernster Miene gesucht. Denn er wusste genau, wie wichtig dieser Hund für meinen Vater war.

Ich nahm die Leine an mich und ging die übliche Spazierstrecke ab. Louis war nirgends zu finden. Es lag kein Kadaver an der Straße. Ich fragte Leute mit Chihuahuas und Leute mit Shih Tzu-Hunden, kein Hinweis, ich ging von der Nationalstraße zum Flussufer, wo eine Gruppe von Oberschülern auf dem Damm joggte. Als ich eine Schülerin fragte, die gerade ihre Zeit stoppte, sagte sie: »Ach, da gehen Sie dort lang.«

Als ich auf dem Damm ein Paar mit einem Shiba Inu traf und die beiden fragte, hieß es: »Er war an der Brücke, ist uns gefolgt.« Ich rannte am Ufer entlang und traf am Fuß der Brücke jemanden mit einem Zwergpudel. »Sie haben nur die Leine, ich dachte mir schon so was«, hieß es voller Mitgefühl, und »er kam aus der Richtung, aber ich hab's nicht genau gesehen, ich geh jetzt hier lang und halte Ausschau.« Es war eine ältere Dame in meinem Alter, die so flink geantwortet hatte.

Wir tauschten andächtig unsere Handynummern aus, ich ging weiter und kam an eine Straße mit Autoverkehr. Überqueren (weiter weg von zu Hause) oder nicht (in der Nähe bleiben), fragte ich mich, entschied mich aber mit Blick auf Louis' Charakter für Letzteres. Ich ging also weiter, ohne die Straße zu überqueren, da gabelte sich der Weg auf dem Damm. Ich fragte einen Oberschüler, der aus der einen Richtung kam, der sagte: »Nein, hier habe ich keinen gesehen.« Ich ging weiter, schlug die andere Richtung ein und sah unterhalb des Damms, auf der gegenüberliegenden Seite einer befahrenen Straße, eine Gruppe von Oberschülerinnen und etwas Weißes, Bauschiges zu ihren Füßen, das musste Louis sein, vielleicht von einem Auto angefahren und verletzt. Ich rannte den Damm runter, überquerte die Straße, und als ich näher kam, schien Louis unversehrt, sah mich und kam mit einem Blick, der sagte: »Ach, vielen Dank!«, auf mich zu.

Auf meine Fragen hin hieß es: »Er lief mitten auf der Straße herum«, »Der wird überfahren«, »Ich dachte, der wird überfahren«, »Ich packte ihn und brachte ihn auf den Gehweg«, »Wir haben die Nummer an seinem Halsband gewählt, aber da ging ein Opa ran«, »Da ging ein Opa ran, aber wir hatten keine Ahnung, was er sagte«, »Ich verstand überhaupt nichts«, »Wir wussten nicht, was wir tun sollen«. Die Mädchen sprachen alle auf einmal durcheinander, hier steht, was ich raushörte.

Ich bedankte mich herzlich bei allen und machte mich mit Louis auf den Rückweg, rief die Pudelfrau an und sagte ihr, dass ich ihn gefunden hätte. Louis lief gemächlich die Straße entlang, hier und da Duftmarken setzend, auch wenn seine Blase schon längst leer war. Mein Schrittzähler zeigte fast 10 000 Schritte an.

Die Kirschblüten auf dem Damm und unterhalb standen in voller Blüte. Mein Vater, der auf uns wartete, war so erschöpft, dass er im wahrsten Sinne des Wortes zusammenzubrechen drohte. »Du Idiot«, schimpfte er mit heiserer Stimme Louis aus, »da haben Kinder angerufen, aber ich hatte keine Stimme, ich konnte nichts sagen«, beklagte er sich traurig bei mir. Und wieder: »Du Idiot.«

Am nächsten Tag ging es meinem Vater schlecht. Dann, gegen 3 Uhr morgens, rief er mich an. Er stöhnte und ächzte. Ich eilte erst einmal zu ihm. Und ich entdeckte, dass er schon mehrfach versucht hatte, mich auf dem Handy zu erreichen. Aber ich war nicht aufgewacht. Das tat mir leid.

Als ich das Haus meines Vaters betrat, saß Louis aufrecht vor seinem Bett, er bewachte meinen Vater. Mein Vater richtete sich auf dem Bett auf und stöhnte: »Ich will auf die Toilette, aber sie ist zu weit weg.« Sie ist etwa zwei Schritte entfernt. Ich half ihm hoch, brachte ihn hin, wusch ihm den Hintern, nahm ihn wieder hoch und brachte ihn zurück ins Bett. »Es tut so weh, es tut so weh«, klagte er. »Mein Bauch tut weh.« Während ich rieb und massierte, sprang Louis auf das Bett, sah mich fest an und streckte sein eigenes Bein aus. Es war ein kraftloses, sanftes Bein, das sich weder für Reiben noch für Massagen eignete. Dann lehnte er sich an meinen stöhnenden Vater, und als Vater sich auf die Seite legte, kletterte er auf sein Kissen und lehnte sich an seinen Kopf. »Lass das, weg mit dir!«, sagte mein Vater. Das klang alles andere als liebevoll. Doch so viel Kraft hatte er nicht mehr. Aber er hat ihn auch nicht verscheucht.

Am nächsten Morgen wurde mein Vater ins Krankenhaus eingeliefert. Und dann starb er. Von da an lebte Louis bei mir. Ich ging mit ihm spazieren. Wenn ich zu tun hatte, gab ich ihn beim Tierarzt ab. Ich fuhr nach Tokyo und wieder zurück, die Verwandtschaft kam, die Beerdigung fand statt, und nachdem sie gegangen waren, löste ich Louis wieder aus. Und wir lebten wieder zusammen. Ein paar Tage lang war auch Kanoko bei uns. Ich habe ihn zu Fuß überallhin mitgenommen. Ich ließ ihn im Auto warten, gab ihm jedes Mal zu trinken, wenn ich zum Auto zurückkam, ging mit ihm spazieren und gab ihm, wieder zu Hause, Milch zur Belohnung. Es war ein hundezentriertes Leben, wie ich es auch in Kalifornien führe.

Für Louis muss dieses Leben völlig neu gewesen sein, aber er passte sich problemlos an. Er kam, wenn ich ihn rief. Er folgte mir überall hin. Er freute sich, wenn ich ihn zum Spazierengehen aufforderte, wenn er anderen Hunden begegnete, schnüffelte er ohne Scheu und war freundlich, wenn er Menschen traf. Wenn er im Auto wartete, thronte er über dem Armaturenbrett. Es war ein ganz anderer Hund als im Haus meines Vaters, dem er treu zugetan war.

Er fragte nicht: »Wo ist Großvater?« Tat auch nicht, als suchte er ihn. Er erwartete mich immer mit unschuldigem Blick. Das lag an seinem runden Gesicht und den Kulleraugen.

Kanoko ist Krankenpflegerin, sie wollte, bevor sie abreiste, sich hier noch ein Altenheim ansehen. Also fuhren wir auf der Autobahn nach Yatsushiro. In den Bergen von Kyushu standen die Zwergkastanien in voller Blüte, dazu die Paulownien, und die Ranken des Japanischen Blauregens blühten prall.

Louis saß brav auf dem Rücksitz. Er sah aus, als wollte er sagen: »Autofahren bin ich gewöhnt, ich bin schon wer weiß wo gewesen«, doch das stimmte nicht, er fuhr nur im Auto, wenn ich ihn zum Tierarzt brachte, also etwa einmal alle halbe Jahre.

Bisher hatte er zusammen mit Großvater in der Wohnung gelebt. Täglich sah er im Fernsehen Historienfilme, er sah Baseball und Sumo-Ringen. Eine Pflegekraft kommt, er isst zu Abend. Und er schläft an Großvaters klapprigen Körper geschmiegt. Manchmal streckt er sich auch auf seinem Kopfkissen aus. Großvater macht schweigend Platz.

»Ob sich Louis wohl daran erinnert, wie es war an dem Tag, als Opa starb?«, sagte Kanoko. »Nein, sicher nicht. Aber er ist bestimmt am stärksten traumatisiert, denn er hat ja doch verstanden, dass Opa jetzt nicht mehr da ist«, fuhr sie fort.

Ich leinte Louis an einer schattigen Stelle beim Eingang des Altenheims an. Er war immer ein braver Junge, hat immer auf mich gewartet, ohne einen Mucks von sich zu geben, aber jetzt bellte er. In diesem Moment kümmerte sich ein alter Mann mit Stock um ihn. Dann kam ein Auto, der alte Mann stieg ein, Louis bellte ihm hinterher.

An dem Tag stieg Großvater ins Auto und fuhr weg. Ich hab ihn nie wieder gesehen. Mutter nahm mich mit zu ihrem eigenen Haus beim Damm. Da war auch die große Schwester. Ich hab in ihrem Bett geschlafen. Wir sind auf dem Damm spazieren gegangen. Es ist da ganz viel Platz. Es war woanders als davor. Großvater kam nie zurück. Ich bin nicht zu Großvaters Haus zurückgegangen. Ich war mit Mutter und der großen Schwester an vielen Orten. An dem Tag stieg Großvater ins Auto und fuhr weg. Seitdem habe ich ihn nicht mehr gesehen. Dieser Großvater ist nicht meiner. Aber er hat den gleichen Stock wie Großvater. Und er hat mit mir gespielt. Und dann stieg er ins Auto und fuhr weg. Genau wie Großvater. Deshalb habe ich gerufen. Großvater, Großvater. Ich habe den Großvater gerufen, den ich nicht kannte. Und ich habe auch den Großvater gerufen, der nicht mehr da ist. Ich habe laut gerufen, denn wenn ich rufe, habe ich immer Essen und Fleisch bekommen. Großvater, Großvater.

Als mir klar wurde, dass Louis sich erinnerte, kamen mir die Tränen. Sie kullerten nur so heraus. Der Mann, der uns das Pflegeheim zeigte, schaute mich überrascht an. »Entschuldigung, mein Vater ist gerade gestorben«, übersetzte ich, und die Tränen flossen in Strömen.

Ein paar Tage vor meiner Abreise nach Kalifornien gab ich Louis bei der Tierklinik ab. Kurz vor der Abreise war ich täglich mit Vorträgen und anderen Verpflichtungen beschäftigt. Am Tag meiner Abreise fuhr ich bei der Tierklinik vorbei und ging dort mit Louis spazieren. Als er mich mit seinem runden Gesicht und seinen Kulleraugen ansah, sagte ich zu ihm: »Ich lass dich nicht allein.«

Ein Freund, der auch einen Hund besitzt, sagte mir: »Wenn du vor deiner Abreise dem Hund den Tag sagst, an dem du wiederkommst, wird er auf dich warten.«

Folglich sage ich, wenn ich von zu Hause abreise, jedes Mal zu Take, an welchem Datum ich zurückkomme und wie viele Tage sie sich gedulden soll. Take wartet immer. Louis, der kluge Hund, versteht das auch, da bin ich sicher. Und so sagte ich zu Louis klar und deutlich: »Am 20. Juli hole ich dich wieder ab. Bis dahin wartest du brav, okay?«

Happy Birthday!

Take wurde vierzehn Jahre alt. Ich kaufe keinen Kuchen und zünde keine Kerzen an, aber ich koche ihr jedes Jahr Rindfleisch. So auch diesmal.

Ich redete oft davon, dass etwas »ein Meilenstein auf der Reise in den Hades« sei. In diesem Fall ist das »Etwas« der Hundegeburtstag. Ich meine es ernst. In nur einem Jahr wird ein Hund ungefähr sieben Jahre älter als ein Mensch. Für einen großen Hund geht es sogar noch schneller. Er altert zusehends.

Mein Vater sagte immer, er wolle neunzig Jahre alt werden, aber er ist kurz vorher gestorben. Er war 89 Jahre alt. Das ist schon erstaunlich, wenn man darüber nachdenkt. Welches andere Lebewesen lebt denn so lang? Ein Hund wäre schon längst gestorben. Die Monate vor Vaters Tod waren erbärmlich. Wie in der Geschichte vom »Todesgott« im Rakugo hat er den nahenden Tod weder akzeptiert noch sich dagegen gewehrt, sondern sich einfach bockig gestellt, als hätte er keine andere Wahl, als zu betteln und zu flehen: »Ich will nicht, ich will nicht!« Doch schließlich wurde er gepackt und überwältigt.

Es heißt, vierzehn Lebensjahre eines Deutschen Schäferhundes entsprächen nach menschlichen Maßstäben 103 Jahren. Die 89 hat sie längst hinter sich gelassen. Aber Take hat nicht das Pathos, das mein Vater hatte. Sie lebt einfach ihr Leben, friedlich und ereignislos.

Ich weiß auch (so sagte es der heilige Hōnen), dass es so wäre, als würde man sich ein einziges Haar ausreißen und friedlich und ereignislos auf die andere Seite wechseln.

Keiner in der Familie dachte, dass Take vierzehn Jahre alt werden könnte. So heftig war die Krise kurz vor ihrem Geburtstag. Ich war in Japan. Mein Vater starb, direkt danach passierte es.

Wenn jemand stirbt, wird es wirklich kompliziert, es gab so viel zu tun, und während ich noch von einer Aufgabe zur anderen eilte, kam eine Mail von Sarako und Tome, die das Haus hüteten: »Take ist komisch.« Und dann folgten weitere: »Sie hat Durchfall.« »Sie hat schon wieder gekackt.« »Jetzt hat sie gekotzt.« »Take frisst nicht.« »Sie geht nicht mehr aus dem Zimmer raus.« »Sie lehnt sich auf die linke Seite. Ihre Beine sind stocksteif. Sie kann nicht gehen, sie fällt sofort um. Sie taumelt und läuft gegen die Wand.« Als ich zu Hause anrief, sagte mein Mann, sie hätte vermutlich einen Schlaganfall gehabt.

Verdacht auf Schlaganfall, trotzdem hat man es einfach laufen lassen und nichts unternommen, weil sie ein Hund ist. Als menschliches Wesen beneide ich sie etwas. Sie darf sterben, ohne an Schläuche angeschlossen zu werden. Meine Mutter war fünf Jahre lang bettlägerig und bekam je nach Bedarf Schläuche für die Ernährung, intravenöse Medikamente und Sauerstoff. Mein Vater blieb zu Hause, die Schläuche blieben ihm also erspart, aber ganz am Ende seines

Lebens, am Tag seines Todes, kam er ins Krankenhaus, da haben sie ihn an eine Sonde angeschlossen. Er war schon nicht mehr ganz bei Bewusstsein, als sie ihm den Schlauch durch die Nase führten, aber ich sah, dass es ihn quälte, er verzog das Gesicht.

Sarako schrieb mir: »Ich glaube, ich muss mich über Einäscherung und so weiter informieren, aber ich kann nicht, denn wenn ich das tue, stirbt sie womöglich wirklich.« Aber Take starb nicht. Als ich nach Kalifornien zurückkehrte, war Take, wie erwartet, in meinem Zimmer. »Es geht ihr schon viel besser«, sagten meine Töchter. »Während du weg warst, war sie ganz anders, ihr Gesicht war leblos, sie kam überhaupt nicht aus ihrem Zimmer, jetzt ist sie viel lebendiger, sie schaut dich an, sie erwartet, dass du ihr etwas gibst.«

Das freut mich. Erst einmal bin ich erleichtert. Auch wenn ich mich innerlich gewappnet hatte, mein Vater ist schließlich gestorben. Und jetzt auch noch Take, das wäre etwas zu viel.

Aber ich konnte sehen, dass Take etwas sehr Hartes, Schmerzhaftes durchgemacht hatte, etwas wie den Weltenbrand, die glühende Hölle oder den Hügel im Totenreich. Ihr Gesicht, ihr Körper, ihr Fell und ihre Mimik waren völlig zerfleddert. Sie konnte vieles nicht mehr. Jeden Morgen kotete sie völlig gleichgültig in meinem Zimmer. Das geschah schon nicht mehr versehentlich.

Auch die Spaziergänge wurden weniger. Früher gingen wir bis zur Kirche an der Ecke, liefen das Kirchengelände ab und wieder zurück. Jetzt schaffen wir es gerade mal bis zur Kirche. Also drehen wir dort um und kehren heim. Passanten fragen mich, wie alt der Hund sei. Er sehe so alt aus. Trotzdem beschnüffelt Take immer noch das Gras und den Boden, um Informationen zu sammeln. Und sie lässt es sich nicht nehmen, die für sie wichtigen Stellen zu bepinkeln. Später dann geht Nico hin, hebt das Bein und pinkelt genau an dieselbe Stelle wie Take.

Wenn sie geht, neigt sich ihr Körper. Er neigt sich immer weiter nach rechts, bis sie schließlich vom Gehweg kippt. Gibt es eine Wand, stößt sie dagegen. Ihr Körper ist klapprig und krumm. Die Muskeln am Hinterteil sind weg. Manchmal verheddern sich ihre Beine.

Bis vor kurzem habe ich meinen Vater in genau demselben Zustand erlebt. Ich sah ihn, half ihm auf, setzte ihn hin und brachte ihn zur Toilette. Mein Vater war völlig verunsichert. Er war wütend, selbst mitanzusehen, wie er immer weniger er selbst war. Und er war traurig. Take ist sehr ruhig. Sie ist nicht wütend. Nichts, was sie traurig stimmte.

Take und Ohrfluss

Take hat Ohrfluss. Ihre Augen sind in Ordnung, sie hat keine kahlen Stellen seitlich am Kopf, aber ihr Ohrenausfluss ist, seit sie ein Welpe war, ein chronisches Problem, und manchmal wird es so schlimm, dass wir mit ihr zum Arzt müssen. Die Tierärzte hier sind sehr teuer, allein die Reinigung der Ohren kostet etwa 30.000 japanische Yen. Es scheint an einer Allergie zu liegen.

Wogegen sie allergisch ist, weiß ich nicht. Ich weiß nur, dass es vermutlich um Lebensmittel geht. Zwei, drei Allergene habe ich auch identifiziert. Aber egal, wie vorsichtig ich bin, manchmal bekommt sie eine Allergie. Sie hat Durchfall. Oder Ohrenfluss. Juckreiz am ganzen Körper. Takes Pfoten sind wirklich unpraktisch, sie kann sich oft nicht genau dort kratzen, wo sie kratzen will. Wo ich kratzen würde, beißt sie sich.

Der Ohrfluss scheint ihr besonders zu schaffen zu machen, winselnd kratzt sie sich an den Ohren, schüttelt den Kopf, schüttelt den Ohrfluss in die Gegend und windet sich hin und her.

Dann schnappe ich sie mir, halte sie fest, gieße eine nach Essig riechende Flüssigkeit vom Tierarzt in ihr Ohr, massiere ihr Ohr an der Wurzel, und mit Wattestäbchen und Papiertüchern entferne ich den Ausfluss aus dem Ohr. Es ist eine klebrige, teerige, schwarze Substanz, die herauskommt.

Natürlich wehrt sich Take. Wenn wir nur »Ohr« flüstern, verschwindet sie schnell von der Bildfläche. Also jagen wir ihr wortlos hinterher und zerren sie wortlos von ihrem eigenen Bett, auf dem sie kauert, ins Helle.

Das geschieht wortlos, damit sie nicht denkt, dass sie gescholten wird. Und weil ihr Name Spaß bedeuten soll. Wenn ich also etwas tue, das für sie unangenehm ist, vermeide ich, ihren Namen zu nennen.

Weiter wehrt Take sich aber nicht.

Nico würde sich sträuben. Er schreit aus Protest. Er würde meine Hand mit seiner Pfote wegschieben. Bei jeder sich bietenden Gelegenheit versuchen, wegzulaufen. Er knurrt und droht. Als Welpe hatte Nico überhaupt kein Gehorsamkeitstraining und versuchte sogar, mich zu beißen.

Take tut nichts dergleichen. Sie windet sich nur und versucht, ihre Ohren von uns fernzuhalten. Sie rennt nicht weg. Sie weint, aber sie protestiert nicht. Sie knurrt nicht. Sie beißt nicht.

Take beißt nicht. Sie schnappt vielleicht nach einem Ball oder einem Keks und erwischt dabei eine Hand in der Nähe, aber sie würde uns niemals beißen, jedenfalls nicht absichtlich. Daran besteht kein Zweifel. Ich habe nicht einmal darüber nachgedacht, ob es eine Grundlage für dieses Vertrauen gibt oder nicht.

Das ist natürlich das Ergebnis des Gehorsamkeitstrainings, aber irgendwie ist es nicht nur das. Ich denke, so wie Roboter von Anfang an darauf programmiert sind, »den Menschen keinen Schaden zuzufügen« (wie Astro Boy mir sagte), so ist dieses Prinzip auch in Takes Hundeherz einprogrammiert.

Es war vor etwa fünf Jahren. Takes linke Ohrmuschel war dick geschwollen. Es war, als ob sie mit Luft gefüllt wäre, und sie fühlte sich heiß an. Als ich mit ihr zum Arzt ging, erklärte dieser, wegen einer Allergie habe sich Ohrfluss angesammelt, den sie durch Kopfschütteln versuchte loszuwerden, vermutlich sei durch die Wucht des Schüttelns ein Blutgefäß oder dergleichen geplatzt, sodass sich Blut oder Sekrete ansammelten, so wurde es mir nach Art einer verwickelten Kausalkette mit unerwartetem Ergebnis erläutert, und das genau ist passiert. Im Englischen wird es *air ear* genannt. Das sei nicht bösartig, erfuhr ich, man könne es einfach in Ruhe lassen, aber das Ohr würde sich nach dem Zusammendrücken verformen, und wenn mir das nicht gefalle, könne man das operieren lassen, was ich natürlich nicht vorhatte.

Schließlich lief die Flüssigkeit ab und die Ohren hingen herunter. Bekannte und Freunde sagten, jetzt sei sie ein richtig süßer und angenehmer Hund. Mit anderen Worten, es war so etwas wie das Gegenteil vom Kupieren. Als sie jung war, wirkte Take auf Personen, die sie nicht gut kannten, ziemlich furchterregend, unnachgiebig und scharf, eine Hundedame, die aussah, als hätte sie Pflaster an den Schläfen. Sie behandelte alle, die in unser Haus kamen, wie Diebe und ließ sie erst herein, wenn sie ihr Kekse entgegenwarfen.

Louis in der Ferne

Louis ist nun schon lange in der T-da Tierklinik.

Ich werde ihn am 20. Juli abholen. Eine Zeit lang werden wir dann zusammen in Kumamoto leben. Wenn ich sehr viel zu tun habe, muss ich ihn natürlich von Zeit zu Zeit in der Tierklinik abgeben. Aber im Grunde geht es nur um Louis und mich. Jetzt im Sommer kann ich ihn nicht im Auto lassen, aber ich nehme ihn mit, wo immer ich kann. Wir essen, gehen raus, gehen wieder spazieren. Im August werde ich dann den Pazifischen Ozean mit einem Nachtflug von Haneda nach L.A. überqueren. Ich bereite das jetzt alles nach und nach vor.

Neulich schickte mir Dr. D. von der Tierklinik ein Foto von Louis als Anhang zu einer E-Mail. Es zeigte das Ergebnis seiner Rundschur.

Der Rundschnitt war ein Vorschlag von Dr. D. Der Sommer in Kumamoto ist heiß, und fettleibige Hunde tun sich da schwer. Besonders Louis mit seinen chronischen Krankheiten schwitzt noch stärker als andere Hunde. Also, wie wär's, hatte er gefragt.

Erst einmal habe ich abgelehnt.

Vor einigen Jahren nämlich, als mein Vater noch selbst in die Tierklinik gehen konnte, hatte er um eine Schur für Louis gebeten, wie sie ihm der Arzt empfohlen hatte. Es war nicht sofort nach der Schur, sondern erst etwas später, dass ich nach Kumamoto zurückkehrte. Dort erwartete mich ein sehr seltsames Tier. Ein kugelrunder Hund, der wie ein Jüngelchen wirkte. Er sah aus wie ein flauschiger Welpe, aber beim zweiten Hinsehen hatte er auch das Gesicht eines ausgewachsenen kastrierten Rüden. Das kürzere Fell betonte noch seinen fetten Hintern. Das war vor ein paar Jahren, als Louis, jetzt in den Sechzigern (menschlich gesprochen), ein vierzigjähriger Mann war. Hässlich war gar kein Ausdruck, es war ein Anblick, den man sich ersparen sollte! Ein Wesen, das kein erwachsener Mann werden, aber auch kein Kind bleiben, das nie ein richtiger Papillon werden konnte, gewissermaßen. Jedes Mal, wenn ich mit ihm herumlief, schauderte mir angesichts der Hässlichkeit, Erbärmlichkeit und meiner Ohnmacht.

Vielleicht wegen dieser Gefühle wurde ich häufig von Menschen angesprochen.

Da ich an den lebhaften Gesprächsstil der Amerikaner gewöhnt war, konnte ich mich des Eindrucks nicht erwehren, dass in dem zurückhaltenden Auftreten der Japaner etwas Negatives mitschwang. Ohne mir in die Augen zu schauen, fragten mich die Leute: »Entschuldigen Sie, was ist das für ein Hund?«

Geradlinig, wie ich bin, antworte ich nicht: »ein Marderhund« oder »ein Hundeimitat«, obwohl mir oft danach war, sondern erwiderte immer ernsthaft: »Das ist ein Papillon. Der ist nur übergewichtig und hat einen Rundschnitt bekommen.« Sieht doch ein bisschen wie ein Corgi aus, frotzelte ich ab und zu, aber niemand lachte, man nickte nur mit einem geheimnisvollen Gesichtsausdruck.

Ich wollte die Hässlichkeit, die Erbärmlichkeit und die Scham nicht noch einmal erleben.

Ich war gegen den Rundschnitt. Aber meine Töchter waren anderer Meinung. Sie sagten: »Das ist nichts als deine Eitelkeit, Mutter, über hässlich oder erbärmlich nachzudenken, du solltest lieber überlegen, ob es für Louis angenehm ist, es geht doch um ihn.« Tja, da haben sie recht.

Von jetzt an bis August wird Louis im feuchtheißen Kumamoto leben müssen. Zwar ist die Tierklinik klimatisiert, aber trotzdem ist es heiß. Der Sommer in Kumamoto ist so heiß, dass man sagt, er sei »verflucht«. Außerdem wartet im August eine große Aufgabe auf uns, wenn er in einem Frachtraum den glühenden Pazifik überqueren und nach Kalifornien wird umziehen müssen. Also schickte ich schließlich eine E-Mail an Dr. D. und bat ihn, Louis das Fell zu scheren.

Ich war entsetzt, als ich auf die E-Mail des Arztes klickte und Louis auf der vollen Bildschirmfläche erschien, frisch geschoren. Er war hässlich. Er war wirklich hässlich. Er war noch hässlicher als beim letzten Mal, weil er älter war.

Louis wird das sowieso nicht lesen, also möchte ich es ungeschützt sagen.

Sein rasierter Körper hatte einen rosigen Hautton, eine schweinische Farbe sozusagen. Nur sein Gesicht war das gleiche geblieben, allerdings mit dichtem, buschigem Haarwuchs. Mit seinen Haaren sah er aus wie ein alter Mann. Auch sein Gesichtsausdruck ähnelte dem eines alten Mannes. Mit einer Atmosphäre, dass man meinte, man könnte förmlich seinen Nikotin-Atem riechen. Er hatte dicke augenbrauenähnliche Muster über den Augen, und seine Zunge hing schlaff aus seinem Maul.

Ach, das erinnerte mich an Verschiedenes. Das altmodische »Densuke-Theater«. Oder an »Kinta, das Gespenst«, ein lokales Spielzeug aus Kumamoto. Densuke sieht aus wie er, mit seinen verrückten Augenbrauen. Kinta, der Geist, hat einen unproportional großen Hals auf einem Stock und eine Zunge, die herausrutscht, wenn man am Halsband zieht.

Aber seltsamerweise ist er für seine Besitzerin einfach nur Louis.

Louis ist einfach Louis. Trotz seiner Hässlichkeit fand ich ihn, sobald ich ihn sah, reflexartig süß. Ich befürchte, dass er so hässlich ist, dass er die Quarantäneuntersuchung nicht passieren wird, aber es gibt hier eine Besitzerin, die sich seine Gestik und Mimik vorstellt, ihn vermisst und es kaum erwarten kann, ihn zu sehen.

Jemandem bei der Verrichtung seiner Notdurft zu helfen, ist nichts, wovor man sich fürchten müsste

Vater ist tot, aber Take lebt. Das ist vielleicht zu viel gesagt, richtiger wäre: Takes Tod hat sich verzögert, in diesem Sinne lebt sie noch.

Vor einiger Zeit schrieb ich, dass ich unsicher bin, wenn ich Take im Schlaf sehe, ob sie tot ist oder lebt, doch nun ist es noch ernster. Es passiert inzwischen häufig, dass ich denke: »Oh, ist es womöglich so weit?«, und gleich danach: »Nein, nein, noch nicht.« Aber nie dachte ich sofort: »Das war's jetzt.«

Als ich kurz vor dem Tod meines Vaters sein Krankenzimmer betrat, sah er bereits wie ein Toter aus. Er starb kurz darauf. Take ist ganz mit Fell bedeckt, und man kann ihre Hautfarbe nicht erkennen, aber ich glaube, man würde es trotzdem auf den ersten Blick sehen. Der Unterschied zwischen Toten und Lebenden ist eindeutig, meine ich.

Egal wie tot sie aussieht, wenn man ihr »wollen wir?« zuruft und einen Keks zeigt, steht sie auf und folgt einem schwankend. An ihrem auf den Boden tropfenden Speichel lässt sich ihre Spur verfolgen. »Ich bin so schlapp, ich kann nicht gehen!« Es ist, als würde sie von der Stimme meines Vaters übertönt.

Die Spaziergänge werden immer kürzer. Sie schafft es nicht mehr, bergauf oder über Stufen zu gehen.

Geradeaus geht auch nicht mehr. Immer wieder fiel sie von der Gehwegkante, wenn ich sie einmal aus dem Blick ließ, und konnte nicht mehr aufstehen.

Als wir neulich auf dem Heimweg waren, wurde ich von Nico abgelenkt, der ein Kaninchen jagte (Nico sprang elegant über den Zaun, wie ein Pferd, das über ein Hindernis springt. Es gibt hier überall Wildkaninchen. Auch in unserem Garten tauchen sie häufig auf.) Plötzlich bemerkte ich, dass Take verschwunden war. Ich drehte mich um und sah, dass sie auf einer Gehwegstufe gestürzt war und wie mein Vater zusammengesackt um Hilfe schrie; einige junge Männer, die vorbeifuhren, waren so nett und hielten ihr Auto an, um ihr zu helfen. Ich rannte zurück und alle, Hund und Menschen, waren schlagartig erleichtert.

An einem anderen Tag war ich etwas ungeduldig und ging zügig allein weiter, während die Hunde noch schnüffelten. Zügig, gut, aber ich war gerade mal zehn Meter vorausgegangen und hielt an, damit sie hinterherkamen. Dann bemerkte Take, dass ich nicht da war, und wurde unruhig. Sie schaute unablässig suchend nach rechts und links und machte ein Gesicht – wenn sie ein Kind gewesen wäre, aber sie war ja Hund –, als ob sie gleich zu weinen anfinge. Ich hielt meinen Arm in die Höhe und sprang aufmunternd hoch, da erkannte sie mich endlich, beruhigte sich und setzte sich langsam in Bewegung. Nico, der fleißig geschnüffelt und gepinkelt hatte, beendete sein Geschäft und kam sofort angerannt.

Nico war zuerst da und bekam einen kleinen Hundekeks, dann kam endlich Take an und bekam einen großen. Die Regel »In jedem Fall den ersten Keks an Take« bricht zusammen. Zwei Gründe sind es – zum einen ist es Take inzwischen egal, und zum anderen finde ich es in Ordnung, dass ich mich jetzt auch um Nico kümmere.

Aber Take ist noch weiter gealtert.

Inzwischen kann sie nicht mehr von ihrem Bett aufstehen. Selbst wenn sie es schafft, sich aufzustellen, kann sie sich nicht halten. Es geht nicht weiter. Sie liegt den ganzen Tag über schlaff in meinem Zimmer. Wenn sie versucht aufzustehen, verliert sie den Halt und sackt mit geöffneten Beinen in sich zusammen, wie ein neugeborenes Bambi. Aber das bleibt womöglich nicht so. Manchmal schafft sie es plötzlich und steht auf. Sie geht wacklig, aber sie kann auch noch nach draußen. Wenn ich ihr einen Keks zeige, ist sie mit der gleichen begeisterten Miene wie früher dabei und folgt mir auf wackligen Beinen. Aber wenn wir von unserem Spaziergang zurückkommen, kann sie die Treppe am Hauseingang nicht mehr hochsteigen. Wir gehen also zur Hintertür, wo es weniger Stufen gibt, und betreten das Haus. Sie wirft sich förmlich gegen meine Beine, die Wand, den Mülleimer und den Kühlschrank, macht aber trotzdem weiter.

Ich habe mich daran gewöhnt, dass sie im Schlaf Kot verliert, das passiert inzwischen täglich. Take hat sich daran gewöhnt und wir uns auch. Wann immer wir das entdecken, räumen auch Sarako und Tome es still weg und öffnen das Fenster.

Neulich fragte meine hiesige Freundin mich: »Warum lässt du Take nicht einschläfern?«

»Put her to sleep«, was übersetzt nicht etwa heißt »den Hund schlafen legen«, sondern ihn euthanasieren. Es gibt auch den Ausdruck »put her down«. Sie absetzen, irgendwo. Im Englischen gibt es dafür viele Euphemismen, aber keinen einzigen im Japanischen.

»So weit ist es noch lange nicht«, überging ich lachend die Frage. C. sagte nichts weiter, aber warum sollten wir uns die ganze Mühe machen? War das nicht sentimental? Ich wusste genau, was sie meinte: Es ist auch für den Hund schmerzhaft, so alt und altersschwach am Leben gehalten zu werden. Und das ist vermutlich der Konsens derjenigen, die in der amerikanischen Kultur leben.

Take alterte weiter.

Sie hat neuerdings wirklich oft Durchfall. Als sie neulich wieder einmal ihren Durchfall auf dem öffentlichen Gehweg und dem Kirchengrundstück tröpfchenweise fallen ließ und ich ihn nicht aufnehmen konnte, ging ich erst einmal mit beiden Hunden heim und kehrte mit Papier, einem Sprühnebel und einer Mülltüte zu dem Tatort zurück. Die südkalifornische Sonne ist stark, und der Durchfall von eben war schon halb getrocknet. Wenn ich es so ließe, würde es in kürzester Zeit austrocknen und zu Staub werden. Zu Staub, den der Wind wegwehen würde. Niemand würde bemerken, dass hier Kot geklebt hatte, überlegte ich, während ich in der Hocke sitzend den Weg schrubbte und Sarako mir zu Hilfe eilte. Es war Sonntag, später Nachmittag, keine Menschenseele war in der Kirche, auf der Straße oder auf der benachbarten Baustelle, wir beide hockten Seite an Seite und kratzten Takes Durchfall, der fast schon Staub war, von der Oberfläche der großen Erdkugel.

Wenn Vater —, dachte ich wieder.

Mit Keksen hätte ich ihn nicht locken können. Er hätte gemurrt: anstelle von »Ich bin so schlapp, ich kann nicht gehen!« wohl eher »Du darfst mich nicht zwingen«. Und ich wäre wahrscheinlich rausgerannt, um seinen Rollstuhl zu holen. Ich weiß, dass sie sich schlapp fühlt, aber ihre Muskeln und Knochen werden immer schwächer, wenn sie nicht ihre Spaziergänge und Sonne bekommt, deshalb locke ich sie jeden Tag mit den Keksen nach draußen und schaffe es irgendwie, dass sie sich in Bewegung setzt. Aber so rapide, wie sie jetzt schwächer wird, funktioniert auch das womöglich bald nicht mehr. Sicher hat ihre Schwächung auch mit dem Durchfall zu tun. Jedes Mal, wenn mein Vater Durchfall hatte, nahm seine Körperkraft merklich ab, dann gab es noch einen weiteren Schub, und jedes Mal ging es auch mit seinen Geisteskräften deutlich bergab.

Nach dem Durchfall streckt Take alle viere von sich, als hätte sie ihre Energie total verausgabt, nur ihr Bauch hebt und senkt sich ruhig.

In den letzten zwei Tagen seines Lebens hatte mein Vater bereits alle Kraft verloren (doch weder er noch ich dachten, dass er zwei Tage später sterben würde), und ich musste ihn zur Toilette tragen, seine Windelhose zerreißen und seinen Hintern sauber wischen. Das habe ich mehrmals auch für meine Mutter gemacht. Ich leerte auch ihre Bettpfanne. Ich habe auch ihren Hintern abgewischt. Ich wusch sogar mit bloßer Hand meiner Mutter den Hintern mit dem Wasser aus dem Toilettenbecken. Meine beiden Eltern haben am Ende zugelassen, dass ich das für sie tun durfte. Das war sehr gut. Ich hatte das Gefühl, so weit gegangen zu sein wie möglich, ich hatte es geschafft, ich hatte es überwunden.

Allerdings, bei Ausscheidungen Hilfestellung zu leisten, ist auch merkwürdig. Schließlich ist es nichts, was einem Spaß macht. Ich bin also sehr dankbar, dass ich es nicht so oft tun musste.

Das gilt auch für Take. In den letzten vierzehn Jahren hatte ich täglich mit Kot zu tun. Jetzt weiß ich nicht mehr, ob ich hier über Hunde oder über Scheiße schreibe. Das ist in Ordnung. Schritt für Schritt geht es auf dem Weg weiter. Jemandem bei der Verrichtung seiner Notdurft zu helfen, ist nichts, wovor man sich fürchten müsste – mir ist, als stünde ich fest auf meinen Füßen und schaute auf das weite Meer.

KAPITEL 4

Leben, das geht, Leben, das kommt

Leben geht, Leben kommt

Als meine älteste Tochter Kanoko ihr Baby bekam, raste ich acht Stunden mit dem Wagen in die Bay Area, wo sie wohnt, um das Baby und die Mutter zu sehen.

In den USA wird das Baby einen Tag nach der Geburt aus der Entbindungsklinik nach Hause geschickt. Das Baby fühlte sich immer noch wie ein Fötus, und die Mutter wirkte immer noch wie eine Schwangere. Am nächsten Tag, während ich mit der jungen Mutter als einer Schwangeren und dem Baby als Fötus beschäftigt war, erhielt ich eine SMS von Tome. Sie sagte, Take hätte vermutlich einen Schlaganfall gehabt. Ich rief sofort zurück und erfuhr, sie könne nicht gehen und nicht aufstehen, ihr Kopf wackele hin und her, sie könne ihn nicht mehr kontrollieren, es schien deutlich schlimmer als bei ihrem letzten Anfall. Nico sei völlig verängstigt, hätte sich mit seinem Hintern gegen Take gerichtet und gestöhnt.

Zu dieser Zeit war Sarako bei der Arbeit, ihr Mann war zu nichts nutze, sodass Tome, die die Sommerferien zu Hause verbrachte, die Einzige war, auf die ich mich verlassen konnte. Bis Sarako am Abend von der Arbeit nach Hause kam, war es Tome, die Takes Tod in Alter und Krankheit gefasst entgegensah. Als Grundschulkind hatte sie sich noch geweigert, Takes Haufen zu beseitigen. Doch nun, sechzehnjährig und körperlich bereits eine erwachsene Frau, nahm sie es ganz allein auf sich, Take zu tragen, ihr den Hintern zu wischen, ihren Kot zu beseitigen und sich um den verängstigten Nico zu kümmern.

Abends rief mich Sarako an, die die Situation inzwischen abgeschätzt hatte. Wir müssen vielleicht über Sterbehilfe nachdenken, sagte sie. So schlimm sei die Situation.

Also raste ich am nächsten Tag wieder acht Stunden nach Hause.

Ich wollte eigentlich bei dem Baby und seiner Mutter bleiben. Das Baby, das sich als Fötus fühlt, kann kaum an der Brust trinken und hat keinen Stuhlgang. Für die Schwangere alias die junge Mutter ist das alles neu, sie ist überfordert. Mein Bedürfnis, ihnen beizustehen, ist riesig, aber es ist offensichtlich, dass das Baby überleben wird und eine Mutter und einen Vater hat. Aber Take liegt im Sterben. Ich sollte jetzt wohl für Take da sein, als ihr Frauchen.

Während ich durch Berge und Täler raste, dachte ich über Sterbehilfe nach.

Eine Freundin erzählte mir einmal, sie hätte einen Tierarzt gerufen, der auf Hausbesuche spezialisiert war, weil sie ihren Hund nicht transportieren konnte. Er sei ein guter Mann, sagte sie, sehr angenehm. Sie hätte es nicht bereut. Also stellte ich mir das vor: Ein auf amerikanische Art einfühlsamer Tierarzt kommt zu uns ins Haus. Aber je genauer ich versuchte, es mir vorzustellen, desto weniger gelang es mir. Ein uns unbekannter Tierarzt kommt ins Haus und beendet das Leben von Take. Sie schläft ein und bewegt sich nicht mehr, und wir alle sehen zu.

Gerade als ich auf dem Highway in das belebte Stadtzentrum von L. A. einbiege, erhalte ich eine SMS von Tome und dann eine von Sarako, die etwas über »Takega« sagen (die amerikanische SMS, also in lateinischen Buchstaben, ist für mich schwer zu lesen, also habe ich versucht, sie in Katakana zu verwandeln). Mehr aber als »Take …« konnte ich nicht erfassen, denn ich fuhr ja in hohem Tempo. Während ich noch dachte: »Wahrscheinlich ist sie tot, vielleicht war's besser so«, geriet ich in einen Stau und konnte den Rest der Nachricht entziffern. »Stand auf«, »konnte gehen«, hieß es, Take lebte hartnäckig weiter.

Als ich zu Hause ankam, lebte Take immer noch. Sie sah mit einem strahlenden Gesichtsausdruck zu mir hoch, den ich so nicht erwartet hatte. Ich konnte sehen, dass sie verstand, ihr Frauchen war zurück. Als ich ihr einen Keks reichte, wackelte ihr Kopf so sehr, dass sie ihn nicht packen konnte. Aber sie wollte ihn so gerne fressen, ich legte ihn vor sie hin, und nach ein paar Versuchen biss sie mit übertriebenen Bewegungen, als ob sie einen ganzen Kuchen vor sich hätte, hinein.

Gestern konnte sie den Kopf nicht heben, der Kopf lag platt auf dem Boden, aber heute hält sie den Kopf hoch, sie sieht uns an und kriegt genau mit, was um sie herum passiert, redeten Sarako und Tome durcheinander.

Seitdem schläft Take. Sie scheint keine Schmerzen zu haben, scheint auch nicht zu leiden. Manchmal gibt sie Brummgeräusche von sich. Vielleicht stört sie etwas. Ich gehe zu ihr hin und mache es ihr leichter. Oder ich streichle sie oder rede mit ihr.

Ein paar Tage später.

Take ist meistens in meinem Zimmer. Wenn alle zusammen im Wohnzimmer sind, brummt sie manchmal, das heißt, sie ruft uns. Sie brummt genauso, wenn sie im Wohnzimmer ist und ich im Arbeitszimmer. Dann lupft Tome ihren Körper mit einem Handtuch hoch und bringt sie zu mir. Und manchmal trägt Sarako sie auf den Armen herein und umklammert dabei ihre Beine, als trüge sie ein kleines Lämmchen.

Als sie jung war, ließ sie sich nur sehr ungern auf den Arm nehmen. Selbst jetzt noch protestiert sie schreiend, aber wenn Sarako es auf ihre Weise schafft, sie hochzunehmen, zeigt sie einen unschuldigen, welpenhaften Gesichtsausdruck und lässt es geschehen. Das Alter macht viele Dinge möglich.

In der Nacht, als ich nach Hause kam, berieten wir uns gemeinsam. Wir waren uns einig, dass sie sich noch nicht in der Phase zum Einschläfern befand.

Neulich rief mich meine Freundin C. an, die, die gefragt hatte, warum wir sie nicht einschläfern würden, und fragte erneut, warum schläfert ihr sie denn nicht ein? Mein Mann war am Apparat. Nein nein, wir sind wirklich eng befreundet. Wir sehen uns oft, besuchen und helfen einander, mehr wie eine Familie als wie Freunde. Wenn ich Probleme habe, hört sie mir zu. Und ich höre mir auch ihre Probleme an. Aber in dieser Frage können wir uns schwer verständigen. Sie treffen die Entscheidung, ihre Tiere einzuschläfern. Die Amerikaner sind zu schnell damit. Und die Japaner entscheiden sich viel zu spät.

Jedenfalls soll meine Freundin C. zu meinem Mann wieder gesagt haben: »Warum schläfert ihr sie nicht ein?«

Darauf habe er sagen wollen: »Das geht dich nichts an, lass uns in Ruhe!«, aber er habe sich zusammengerissen und sich bemüht, ihr das Gleiche mit anderen Worten zu vermitteln, berichtete mir mein Mann.

Take leidet nicht, die Kinder kümmern sich gut um sie, Tome und Sarako haben ihr ganzes Leben mit ihr gelebt, man könne sie doch nicht einfach töten und loswerden, nur weil es unbequem ist oder schlecht passt, sagte er.

Take leidet nicht. Sie wird einfach alt und stirbt. Und die Töchter kümmern sich um sie, als ob sie eine Art Stellvertreter ihrer in der Ferne verstorbenen Großeltern wäre.

Tome lebt seit ihrem zweiten Lebensjahr mit dem Hund. Ihr ganzes Leben hat sie mit Take geteilt. Sarako war mitten in den Wirren der Pubertät, als ihr die junge Take anvertraut wurde. Seitdem ist Take wie ein Schatten bei ihr.

In ein paar Tagen muss ich wieder nach Japan zurück. »Ich möchte nicht diejenige sein, die die Entscheidung treffen muss, wenn du nicht hier bist«, sagte Sarako. »Dann entscheide ich, ich unterstütze euch«, sagte mein Mann.

Mein Mann ist ein ziemlich widerwärtiger Hundehasser. Als wir uns für Take entschieden, war er es zwar, der uns dazu drängte, aber seither ist sonnenklar, dass er keine Liebe oder Bindung zu ihr empfindet. Er erzählte einmal, dass es in der jüdischen Kultur ursprünglich keine Haushunde gab, und ich musste mir oft die Geschichte anhören, wie ihn, als er noch jung war, ein Deutscher Schäferhund blöd anglotzte, und als er weglief, hätte der ihn angegriffen (wenn ein Hund dich angreift, ist Weglaufen kontraproduktiv — Anmerkung Itō), der hätte ihm um ein Haar seine Hose vom Hintern gerissen. Jetzt leben wir mit unserem Hund schon am Meer, aber nicht ein einziges Mal hat mein Mann es über sich gebracht, das zu tun, was Spaß macht, nämlich wie andere Paare auch mit dem Hund am Hundestrand spazieren zu gehen oder auf dem Heimweg in einem hundefreundlichen Café einzukehren. Doch jetzt hat sich dieser Mann angesichts von Takes bevorstehendem Tod unserer Sichtweise angeschlossen, behandelt sie als ein Familienmitglied und denkt gemeinsam mit uns über ihren Tod nach.

Die Katze, die Mutter und der Pitbull

Kanoko, meine älteste Tochter, und ihr Mann haben einen Hund, vier Katzen und eine Schildkröte. Sie hatte die Katzen Metronom (weiblich) und Tremolo (männlich) und eine Schildkröte, Gan-chan (Geschlecht unbekannt). Er brachte einen Hund und zwei Katzen mit in den Haushalt. Dort wurde nun das Baby geboren.

Die Tiere wurden allesamt aus Tierheimen aufgenommen.

Sie wurden weder von Züchtern gekauft wie Nico und Louis, noch wurden sie in einem Privathaushalt geboren und an enge Freunde übergeben wie Take. Man kann sich nur vorstellen, was mit den Tieren geschieht, die in den Tierheimen landen. Wahrlich keine angenehme Vorstellung. Eher noch erstaunlich, dass sie es überhaupt geschafft haben, zu überleben. Und was die beiden Besitzer betrifft, so gab es meiner Ansicht nach für zwei junge Leute, die mit sich selber viel zu tun haben, sowohl für Kanoko als auch für ihren Mann, sicher genügend Umstände, die es schwierig und unsicher machten, so viele Tiere zu halten. Eine Familie wie die Bremer Stadtmusikanten. Nur das neugeborene Baby strahlt hell und unbeschwert.

Ich hatte auch eine Katze, als ich jung war. Ich war verliebt, trennte mich, heiratete, trennte mich, hatte Kummer und Seelenschmerz, war an Leib und Seele fix und fertig, da legte ich mir plötzlich eine Katze zu, sie wurde zu meiner Familie und zu meinem Kind. Sie hieß Butchan. Die Katze trug dazu bei, dass meine Wunden an Leib und Seele heilten. Und dann hatte ich einen Geliebten, der zum Studieren nach Polen ging, und ich ließ die Katze bei meinen Eltern zurück und folgte ihm nach. Nach der Rückkehr bekam ich ein Kind. Dann zog ich nach Kumamoto. Die Katze blieb weiter bei meinen Eltern. Eines Tages wollte ich sie mitnehmen, aber sie wurde von einem Auto überfahren und starb.

An diesem Tag rief mich meine Mutter weinend an und sagte: »Butchan ist tot.«

Als meine Mutter den Kadaver wegräumte und das Blut von der Straße wusch, kam eine Nachbarin, Frau K-i, hinzu und half ihr. Butchan war eine Katze, die gerne andere Häuser besuchte. Auch im Haus von Frau K-i tauchte sie täglich auf. Es war eine Zeit nicht enden wollender Sorgen. Ihr Mann war an Krebs erkrankt, kämpfte gegen die Krankheit und starb schließlich. In dieser Zeit kam Butchan täglich und hörte sich ihre Kümmernisse und Klagen an, erzählte sie weinend meiner Mutter, die es mir berichtete.

Einige Jahre später lief uns in Kumamoto ein Kätzchen zu.

Es war eine getigerte Katze mit einem langen Schwanz, und sie tollte oft mit weißem Papier oder weißem Stoff herum. Mein exzentrischer Ex-Ehemann nannte sie Shiro – »Weißchen«. Als wir dort auszogen, ließen wir sie beim Tierarzt zurück. Es war derselbe Doktor T-da, der sich auch um Louis kümmerte. Als ich sie abholen wollte und sagte: »Ich möchte Shiro holen«, hieß es: »Ach, Shiro-chan«, und man brachte mir eine weiße Katze. »Nein, Shiro ist nicht weiß«, sagte ich und bekam eine andere, fast weiße Katze gebracht. Doch währenddessen hörte ich die ganze Zeit, wie weiter hinten im Haus meine Shiro miaute und winselte, weil sie meine Stimme erkannte.

Dann zerbrach die Familie. Ich flog ständig durch die Gegend.

Eines Tages, als ich von einer Reise zurückkam, war Shiro verschwunden. »Wir haben sie gesucht und gesucht, aber wir finden sie nicht«, weinten die Kinder. Also machte ich mich mit den Kindern auf die Suche und durchkämmte die Gegend. Aber wir konnten sie nicht finden. Kurz darauf zerstreute sich die Familie, und ich zog mit den Kindern nach Kalifornien. Sechzehn Jahre sind seit dem Verschwinden von Shiro vergangen. Tome ist die Reinkarnation von Shiro, sagen Kanoko und Sarako auch heute noch.

Ja, wir hatten eine Katze. Aber in den letzten vierzehn Jahren war ich völlig von Hunden eingenommen. Und ich hatte Katzen völlig vergessen. Ich hatte die Katzen vergessen – ihren Charakter, ihre Gangart, ihr Verhalten, ihr Fell, ihr Gewicht. Für die an Hunde gewohnten Augen ist alles fremd.

Im Haus von Kanokos Familie kommen und gehen jetzt die Katzen, lautlos.

Im Wohnzimmer steht das Babybett, und die Katzen wechseln darin die Plätze. Jedes Mal schimpfen die Eltern und vertreiben die Katzen. Das Baby ist auf dem Arm der Eltern, das Bett ist also leer. Wenn die Eltern weg sind, wollen die Katzen nicht hinein. Mit anderen Worten: Der Einstieg ins Babybett ist eine Art Widerstandsbewegung der Katzen. Da Katzen nicht in der Lage sind, sich zu koordinieren, findet ihre Widerstandsbewegung einzeln statt. Für die Eltern, die die Katzen verscheuchen, ist es wie ein endloses Whac-a-Mole-Spiel.

Außerdem spuckt Metro, die intelligenteste und charakterlich schwierigste Katze, überall Erbrochenes aus. Allein in den zwei Tagen, in denen ich dort war, kotzte sie auf eine Tasche mit Babyzubehör und dann auf das Gästebett. Das war Absicht, sie wollte uns ärgern, interpretierten das die Eltern, sie stand immer schon mit Kanokos Ehemann auf Kriegsfuß, darüber gerieten sie in Streit, und Kanoko war untröstlich.

Die Katze Metro war für Kanoko wie ihr erstes Baby.

Kanoko möchte sich um sie kümmern, sobald sie kann, aber es klappt nicht. Wenn Kanoko das Baby stillt und ich dabei bin, ist plötzlich Metro da und starrt Kanoko an, als ob sie sie verschlingen wollte. Mit großen runden Augen und geöffnetem Maul schreit sie tonlos. Sie hat einen irgendwie wilden Gesichtsausdruck.

Kanoko war eine junge Frau mit heftigen Gefühlsschwankungen. Einige Zeit nach ihrem Studium holte sie sich aus einem Tierheim zwei Katzengeschwister und begann, sie aufzuziehen. Sie sagte sich, ich will wohl Kinder haben. Diese Gefühle einer jungen Frau waren mir vertraut.

Kanoko zog von Job zu Job und von Ort zu Ort. Es gab sogar eine Zeit, in der sie herumvagabundierte und die Katzen zu Leuten in Pflege gab. Jedes Mal, wenn sie das tat, revoltierte Metro, wurde wild, tobte, kackte und pinkelte und verwüstete zu ihrem Leidwesen die Wohnung.

Nach dem Stillen übernahm ich das Baby, und Kanoko nahm Metro auf den Arm.

Kanoko streichelte den Rücken der Katze. Sie presste derweil ihre Vorderpfoten knetend gegen Kanokos Bauch. Dies ist ein Überbleibsel des Verhaltens von Kätzchen, die ihre Mutter um Milch anbetteln. Während ihrer Schwangerschaft ließ Kanoko das nicht zu. Wenn Metro mit dem Treteln anfing, wehrte sie sie ab, erzählte Kanoko, und setzte sie auf den Boden. »Jetzt darfst du es endlich wieder«, sagte Kanoko zu der Katze.

Auch Butchan beobachtete genau, wie sich meine Umgebung ständig veränderte, die Orte, an denen ich lebte, und die Menschen, mit denen ich zusammen war, und schließlich kam das Baby, und meine Aufmerksamkeit verlagerte sich zu ihm. Butchan beobachtete das alles genau, aber sie sagte nichts. Und als das Baby anfing, sich selbständig umzudrehen, setzte sie sich daneben, drehte ihm den Rücken zu und bewegte ihren Schwanz hin und her. In einem regelmäßigen Takt, fast wie beim Seilspringen. Das Baby versuchte eifrig, den wedelnden Schwanz zu packen. Die Katze blieb mit dem Rücken zu ihm sitzen und wedelte weiter. Als das Baby ein wenig größer wurde und anfing, flink danach zu greifen, rückte die Katze schnell weg. Das Baby von damals ist jetzt eine Mutter, die ihr Baby und eine Katze hält, die wie jene Katze aussieht.

Der Hund, Sweet Pea (im Folgenden Sue genannt, denn sie sieht wirklich anders aus), ist ein Pitbull-Mischling.

Der Pitbull ist eine Rasse mit einem viel Augenweiß zeigenden Blick und einem furchterregenden Gesicht. Da sie Kampfhunde sind, werden sie wild und aggressiv, wenn sie außer Kontrolle geraten. In der Vergangenheit gab es einige Unfälle. In manchen Städten und Ländern ist deshalb die Zucht von Pitbulls verboten. Es gibt angeblich sogar einen Ort in den USA, wo Leute angehalten werden, wenn sie mit Pitbulls durchfahren, die Hunde werden ihnen abgenommen und direkt eingeschläfert, und erst neulich wurde irgendwo in Nordirland ein Pitbull seinem Besitzer, der das Verbot zum Halten dieser Rasse ignoriert hatte, weggenommen und getötet, wie man aus den Nachrichten erfahren konnte.

Kanokos Mann hat Sue vor ein paar Jahren aus einem Tierheim geholt. Anschließend pflegte und trainierte er sie mit großer Hingabe. Kein Fitzelchen von

Sues Persönlichkeit zeigt heute, wie sie war, wie traurig und verängstigt, bevor sie Kanokos Mann begegnete. Aber bei Spaziergängen heißt es vorsichtig sein. Pitbulls werden von Menschen abgelehnt. »Sue würde einen anderen Hund auf keinen Fall von sich aus angreifen, aber wenn ein dummer kleiner Hund ohne Leine auf sie zukäme, weiß man nicht, was passieren kann, und in jedem Fall ist dann der Pitbull schuld«, sagte Kanokos Mann.

Sue ist ein Mischling. Ihr Gesicht ist eindeutig Pitbull, aber ihr Körper ist anders. Sie sieht aus wie ein Windhund, aber kleiner und schlanker, vielleicht ein Italienisches Windspiel. Es handelt sich um eine Rasse mit schmalem Körper und kurzem Fell, die zitternd auf einen zukommt (ich glaube, ihnen ist kalt, sie sind so dünn), wobei ihre Persönlichkeit und ihre Emotionen voll zur Geltung kommen. Bei einem Italienischen Windspiel-Weibchen ist es jedoch unwahrscheinlich, dass sich ein Pitbull-Männchen mit ihr paaren würde, abgesehen von ausgesprochen dramatischen Situationen. Überhaupt müsste das Weibchen ein Pitbull sein, um in dem Fall gebären zu können. Aber es gibt immer noch viel zu grübeln: Unter welchen Umständen hätte ein zitterndes, schwächlich aussehendes Italienisches Windspiel einen doch massigen Pitbull erklimmen und sein Ziel erreichen können?

»Sue ist nicht so schlau wie Take und Louis«, sagte Kanoko, die die Schlauheit der beiden gut kennt (irgendwie wird Nicos Name bei solchen Gelegenheiten nie erwähnt). »Take kann selber denken, sie entscheidet, was zu tun ist, und Louis, ja der auch, er denkt selber, aber Sue ist total auf Menschen fixiert, sie lebt von Moment zu Moment und reagiert nur auf das, was die Menschen tun.«

Außerdem hat Sue keine Lust zu dominieren. Sie ist damit zufrieden, ganz unten im Rudel zu sein, das gilt auch für Katzen, denen sie sich gern unterordnet, ganz zu schweigen von den Menschen.

Wenn ich den Katzen Leckerlis gebe, wackelt Sue mit ihrem ganzen Körper und springt aufgeregt um mich herum. Wenn ich sie auffordere, zu mir zu kommen, wackelt sie noch mehr mit dem Körper und springt auf das Gästebett. Sie kennt keine komplizierten Gefühle. Wird nur von kurzen Impulsen wie »Ich will es«, »Ich bin glücklich«, »Ich will näher rangehen« beherrscht.

In Kanokos Haus schlief ich mit Sue in meinen Armen. Ihr kurzhaariger, muskulöser Körper war warm, sie roch nicht, ob ich meine Hand auf sie legte oder näher an sie ranrückte, sie ließ alles geschehen und wedelte im Schlaf kräftig mit ihrem Schwanz, als wolle sie sagen: »Mehr, mehr.« Take und Louis sind anders. Selbst Nico, der im Vergleich mit den beiden als weniger klug gilt, ist nicht so. Beim Schlafen kam es mir vor, als umarmte ich ein anderes Wesen, keinen Hund. Ja, wir sind zwei Wesen, die sich zufällig in der Wildnis begegnet sind.

Mississippi, Kalifornien

Gan-chan, die Schildkröte, wurde in Oaklands Chinatown erworben, wo sie zu einem Spottpreis angeboten wurde. Eine sogenannte grüne Schildkröte, klein und niedlich. Es gab mehrere von ihnen, aber eine nach der anderen starb, und nur Gan-chan überlebte. Das war vor etwa zehn Jahren. Lange Zeit hatte ich sie nur als grüne Schildkröte registriert, doch Genaueres dazu wusste ich nicht. Als ich dann eines Sommers mit Tome wieder in Japan war, besuchte ich das Stadtmuseum Kumamoto und fand dort Gan-chans zukünftige Gestalt präpariert und ausgestellt, sie war als eine der hundert schlimmsten invasiven Arten in Japan aufgelistet, oje, was für ein Schreck! Die Mississippi-Schildkröte gilt in Kalifornien übrigens ebenfalls als invasive Art, fand ich heraus. Ja klar, der Mississippi fließt nicht nach Kalifornien. »Also, was tun?«, überlegte ich, aber schließlich wird sie bei Kanoko liebevoll gehegt und gepflegt. Ihr Aquarium wurde nach und nach vergrößert, darauf geachtet, ob sie in den Winterschlaf geht und aus dem Winterschlaf wieder erwacht oder ob Algen auf ihrem Rücken wachsen. Gan-chan kennt das Geräusch der Schritte und Kanokos Stimme, und wenn Kanoko sich nähert, kommt sie ihr von sich aus entgegen und frisst Kanoko aus der Hand. Egal wie groß sie noch werden wird, ich bin ganz sicher, sie werden sie nicht aussetzen. Sie stört das Ökosystem nicht. Es gab keinen Grund zur Sorge. Gan-chan, heißt es, kann dreißig oder vierzig Jahre alt werden. Selbst wenn wir die bisherigen Jahre abziehen, zwanzig oder dreißig Jahre – wann ist das?

KAPITEL 5

Louis auf Reisen

Mit Louis zu zweit

Ich kehrte am 20. Juli nach Kumamoto zurück. Als ich Louis noch am selben Tag in der T-da Tierklinik abholen wollte, meinte Dr. D.: »Louis-chan ist ziemlich dreckig, wir werden ihn waschen, dann kann er morgen mit.« Er hatte sich anscheinend in seinem Käfig entleert und Kot im Fell. Am 21. wurde also ein frisch gewaschener, flauschiger Hund zum Empfang gebracht. Ein Wiedersehen nach zwei Monaten. Wie er sich wohl freuen würde, stellte ich mir vor, aber Louis war voll damit beschäftigt, herumzuschnüffeln. Das war einigermaßen ernüchternd. In den nächsten Tagen lebte ich mit Louis zu zweit in unserem Haus am Flussufer in Kumamoto, alles drehte sich um ihn.

Das Seltsame daran war, wie sehr er sich von unseren Hunden unterschied. Ein wirklich grundlegender Unterschied in der Art und Weise, wie sie als Hunde leben.

Unsere Hunde kommen, wenn ich sie rufe. Sie kommen sofort angelaufen. Das ist das Grundprinzip. Aber Louis kommt überhaupt nicht. Er wendet nicht einmal den Kopf. Manchmal glaube ich, dass er nicht einmal seinen eigenen Namen kennt. Hinzu kommt, dass er jahrelang mit meinem Vater ein kleines Rudel gebildet hat, mit einem Vater, der nichts tun kann und will, sodass es ihm in Fleisch und Blut übergegangen ist, jedes Problem, das auftaucht, »selber zu lösen«.

Ich habe einmal eine Tiersendung gesehen, in der die Unterschiede zwischen Hunden und Wölfen experimentell vorgeführt wurden. Wenn ein Problem nicht gelöst werden konnte, verließ sich der Hund auf seinen Besitzer, während der Wolf versuchte, das Problem auf eigene Faust zu lösen. Das ist der Unterschied.

Ist Louis also wie ein Wolf? Ganz und gar nicht.

Er ist rund und flauschig. Wäre da nicht die schief heraushängende Zunge, wäre er so niedlich wie ein Plüschbär. Er bewegt sich träge und reagiert langsam. Aber das ist nur Schein, in Wahrheit ist er unersättlich. Für seine eigene Neugier und seine eigenen Ziele ist er bereit, alles zu tun. Um die Wünsche seines Besitzers hat er sich nie gekümmert.

Er klettert über Stühle auf den Tisch und verschlingt rücksichtslos alles, was ihm vor die Schnauze kommt. Getrieben von dem Hunger, wie ihn seine Wolfsvorfahren hatten, die nicht wussten, wann sie wieder Beute finden würden, verschlingt er ein Vielfaches seines eigenen Körpergewichts an Brot und Gebäck (das war alles, was ich auf dem Tisch hatte). Dabei ruft er Erinnerungen an das Abschlachten von

Wildpferd- und Schafherden wach. Und danach setzt er einen Haufen nach dem anderen ab.

Wie am Tag, als ich ihn abholen wollte, kotet Louis ohne zu zögern, wann er will und wo er sich gerade aufhält. Anscheinend ist das ein Merkmal der Hunderasse Papillon. Im Vergleich zu anderen Hunden sind sie wohl nicht besonders gut darin, ihr Geschäft ordentlich zu erledigen, oder sie haben einen weniger ausgeprägten Sinn für Territorien. Nico ist jedenfalls ein gutes Beispiel dafür.

Wie oft bin ich in Kumamoto, wo ich mit Louis lebte, in seine Kacke getreten!

In Nicos Fall weiß ich Bescheid. Ich weiß, wo er sich erleichtern will. Meistens irgendwo an einem Übergang oder einem Rand. Die Pisse lässt er an einem herunterhängenden Gegenstand ab. Aber bei Louis ist das ganz und gar unberechenbar.

Ich bin schon oft mitten im Zimmer in die Kacke getreten, mitten im Zimmer, wo es keinerlei Begrenzung gibt. Ich bin platschend in seine Pisse getreten. Die Putzlappen, mit denen ich sie aufwischte, weichte ich im Eimer im Badezimmer ein, und das ganze Bad hat gestunken. Es erinnerte mich an die Zeit, als ich meine Kinder mit Stoffwindeln großzog.

Also ging ich mehrmals am Tag mit Louis spazieren. Das war eine wunderbare Erfahrung.

Frühmorgens, sobald ich aufwachte, ging ich mit Louis nach draußen. Nach dem Frühstück ebenfalls. Tagsüber immer wieder. Und am Abend machten wir wieder einen langen Spaziergang. Und vor dem Schlafengehen ging es noch einmal nach draußen.

Vor unserem Haus gibt es eine Straße. Überquert man sie, kommt man zu einem Damm. Wir klettern ihn hoch. Louis schwimmt gleichsam durch das Pflanzengewirr nach oben. Oben angekommen, blickt man auf den Stausee des Tsuboi-Flusses. Rundherum ist dichter Grasbewuchs. Ein schmaler Pfad führt um den Stausee herum. Auf beiden Seiten ist er von Sorghumhirsen und Kuzu-Pflanzen gesäumt.

Auf dem Weg sah ich manchmal tote Insekten und Ameisenkolonien. Zuerst sah es so aus, als ob um einen Kadaver herum die Erde ausgehoben und zu einem Grabhügel aufgeschichtet wurde, aber das war es nicht. Bei näherer Betrachtung war zu erkennen, dass es dort um Abbrucharbeiten ging und die Ameisen das Fleisch fieberhaft als ihre Fressbeute zerlegten. In einer von der Uferpromenade aus sichtbaren Wasserlache saß eine Kröte. Sie kauerte dort und zuckte nicht ein einziges Mal. Sie war bunt und gemustert wie ein Schwarzfleck-Teichfrosch. Die Kröte trägt den Namen Japanische Erdkröte. Aha, dachte ich, auf Japanisch sind Kröten auch Frösche, und erinnerte mich an die Bilderbücher vom »Herrn Frosch« und »Frau Kröte«.

Am Morgen des Tages, an dem mein Vater starb, brachte ich Louis zu unserem Haus. Seitdem ist Louis nicht mehr im Haus meines Vaters gewesen. Schon damals gingen Louis und ich jeden Tag den Weg auf dem Damm am Ufer entlang. Es war Ende April. Häufig begegneten wir Fasanen. Etwa alle dreißig Meter rief uns ein »kee-kee« entgegen. Ich spähte suchend in die Richtung und entdeckte im Dickicht am Stausee einen männlichen Fasan, der sich streckte und mit den Flügeln schlug. Ungefähr 30 Meter weiter rief es wieder »kee-kee«. Ich fragte mich, wie viele es waren, ein Nachbar erzählte, dass sie jetzt in großer Zahl brüteten.

Ende Juli hörte ich jedoch keine Fasanenrufe mehr. Tagelang lief ich und fragte mich, was denn los sei. Dann, eines Tages, entdeckte ich plötzlich etwas Rotes im Gras am Ufer. In dem Moment, als ich stutzte – war das nicht die Wange eines männlichen Fasans? –, traf sich unser Blick. »Oh, du hast mich entdeckt«, schien er zu murmeln.

Nachdem ich den ersten gesehen hatte, entdeckte ich viele. Auf dem Feld (die Anwohner hatten sich das Stausee-Ufer gärtnernd erobert. Obwohl es Mitte Juli durch starke Regenfälle überflutet worden war, wuchsen die Pflanzen, als wäre nichts geschehen) pickten Vögel herum. Das müssten Hühner sein, dachte ich, aber nein, auch das waren Fasanen. Aus den Grasbüscheln am anderen Ufer flog ein großer Vogel hoch. Es war ein weiblicher Fasan. Aha, im April war die Brutzeit, und der Ruf »kee-kee« war eher eine Territorialbehauptung als ein Balzruf, und die Männchen verhielten sich aggressiv wie Männchen, seither hatten sie ihre Brut fürsorglich aufgezogen.

Ende Juli hatten sich die Fasanen wieder beruhigt, dafür buhlten die Kröten heftig. Unablässig ertönten ihre dumpfen Rufe. Dann sangen auch die Grasmücken. Die Schwalben flogen. Auch Lerchen sah ich. Es gab Krähen. Am Damm wurde die Sorghumhirse gemäht. Die kanadische Goldrute wuchs kraftvoll. Die Rohrkolben waren hart und grün. Das Chinagras war voller Insektenlöcher. Das brasilianische Eisenkraut begann zu sprießen. Die japanische Silberbuche, die im April noch in voller Blüte stand, war inzwischen ganz grün geworden und warf einen dichten Schatten, und wenn der Wind wehte, verstreute er ihre Blätter in alle Richtungen. Kuzu-Ranken streckten sich hoch, und ihre Blätter flatterten im Wind. Die frischen Blätter waren frei von Insektenfraß und fühlten sich bei Berührung angenehm an. Jedes Mal, wenn Louis einen Haufen setzte, pflückte ich ein neues Blatt, klemmte damit den Kot ein und warf es weit weg. Die Blätter mit dem Kot fielen in das Dickicht und versanken. Das waren die Blätter der grollenden Fuchsfrau Kuzunoha vom Tsuboi-Fluss. Nur einmal löste sich der Kot aus dem Blatt und blieb auf dem Gras hängen. Aber niemand außer mir würde es je bemerken. Und eines Tages wird er wieder in die Erde zurückgekehrt sein.

Louis trottete in seinem eigenen gemächlichen Tempo den Uferweg entlang, kümmerte sich nicht die Bohne um mich, blieb hier und da hängen und geriet auch nicht wie Take oder Nico aus der Fassung, wenn er mich aus den Augen verlor, sondern ließ sich alle Zeit der Welt. Es ist schon lange her, da sah ich einmal einen Marderhund auf dem Damm spazieren gehen. Ich hielt ihn für einen Hund, weil es so aussah, als ob er einem Spaziergänger in geringem Abstand folgte, doch dann erkannte ich, dass es ein Marderhund war. Da ging also jemand spazieren, der keine Ahnung hatte, dass ihm ein Marderhund folgt. Meiner Erinnerung nach hatte er einen Gang genau wie Louis.

Eines Tages, als niemand in der Nähe war, ließ ich ihn von der Leine. Das müsste jetzt doch klappen, er müsste mir doch folgen, dachte ich. Schließlich ist er ja kein Marderhund, sondern ein Hund. Doch sofort verlor ich Louis aus den Augen. In Panik hielt ich Ausschau, da sah ich ihn schließlich, wie er den Damm hinuntertrottete, erst nach rechts, dann nach links blickte und schließlich die Straße überquerte. Auf der anderen Straßenseite lag unser Haus.

Louis' Reise

Ich hatte alles vorbereitet, um Louis in die USA zu bringen. In der Vergangenheit hatte ich mich einmal illegal im Land aufgehalten und war deswegen in große Schwierigkeiten geraten. Auch die unbegrenzte Aufenthaltserlaubnis zu erhalten, war strapaziös, und selbst danach habe ich noch jede Menge unangenehmer Erfahrungen mit der US-Einwanderungsbehörde gemacht. Deshalb bereitete ich mich so sorgfältig auf Louis' Immigration vor.

Aus meiner Sicht ist es ein Umzug, aber für die Behörden ist es ein »Import«. Aus der Sicht Japans heißt es »Export«. Es ist viel einfacher, einen Hund aus einem tollwutfreien Land (Japan) in ein von der Tollwut betroffenes Land (die USA) einzuführen, als umgekehrt. Nicht einmal Tollwutimpfungen sind vorgeschrieben. Louis hat schon seit mehreren Jahren keine Tollwutimpfung mehr erhalten. Angeblich soll für Epilepsiemedikamente und Tollwutspritzen ein geringes Risiko an Nebenwirkungen bestehen. Ich hielt es jedoch für wahrscheinlicher, dass ich auf einen Quarantänebeamten treffen würde, der nicht wusste, wovon er sprach, also ließ ich auch das dringend erledigen.

Ich verließ Kumamoto mit einem Abendflug nach Haneda, checkte in Haneda nach der Quarantäne in den internationalen Flug ein und hob um Mitternacht ab, als das Datum umsprang. Normalerweise steige ich am Los Angeles International Airport (LAX) um und fliege zum kleinen Flughafen in unserer Nähe, aber dieses Mal wollten uns meine Töchter am LAX abholen. Nach ausführlichen Beratungen mit Dr. D. von der T-da Tierklinik hatte ich zweifelsohne alle Papiere beisammen, hatte bei der japanischen Veterinärbehörde für diesen Tag einen Termin gemacht, einen stabilen Transportkäfig besorgt, eine Pinkelfolie für den Notfall ausgelegt, einen Wasserspender angebracht und ein Rezept für ein Beruhigungsmittel für Start und Landung erhalten – nichts vergessen, alles perfekt, wollte ich mir auf die Schulter klopfen, jetzt hieß es nur noch, in den Flieger zu steigen.

Doch die Dinge liefen nicht ganz nach Plan (um es mal mit Worten aus dem Donpan-Lied zu sagen).

Ich hatte bis zum Tag vor meiner Abreise an einem Manuskript mit Deadline gesessen. Am Abreisetag kam unerwartet jemand zu Besuch. Kaum hatte ich den verabschiedet, standen wieder andere Gäste in meiner Tür. Ich musste noch Briefe beantworten und Papierkram unterschreiben, mit Siegel versehen und abschicken. Also hieß es, zur Bank und zur Post zu gehen. Außerdem in die Tierklinik, um die Medikamente für Louis zu besorgen. Es galt, sowohl im Haus meines Vaters als auch in meinem eigenen Haus klar Schiff zu machen und alles noch einmal zu kontrollieren. Von dem einen oder der anderen musste ich mich noch verabschieden. In der Eile und unter dem Zeitdruck passierte es, dass ich mit meinem Auto in ein anderes Auto krachte. Die Polizei musste gerufen werden und ich musste mit der Versicherung sprechen, was mich volle zwei Stunden kostete und alles noch mehr verzögerte. Hastig warf ich meine Sachen in den Koffer, verließ das Haus in aller Eile und kam 20 Minuten später als geplant an der Mietwagenrückgabestation am Flughafen Kumamoto an.

Es war die Autovermietung, die ich immer nutze. Alle Mitarbeiter waren mir bekannt. »Da hat's ja wieder mal bei Ihnen gekracht, Frau Itō,« hieß es, »schlimme Sache, das.« Ich erstarrte.

Oje, ich hatte vergessen, den Transportkäfig von Louis einzuladen.

Ich war nervös, hektisch, hatte es eilig, sehr eilig, extrem eilig, ohne den Käfig kam Louis nicht in den Flieger. Ich war verspätet, es waren nur noch zwanzig Minuten bis zum Boarding. Egal wie klein ein Provinzflughafen ist, wenn Sie nicht fünfzehn Minuten vorher einchecken, werden Sie Ihren Flug verpassen.

Mit der einen Hand bezahlte ich das Benzin (die Rückgabestation dient auch als Zapfsäule), nebenher die Strafgebühr (laut Vorschrift sind 20.000 Yen für einen Mietwagen-Unfall zu zahlen), und mit der freien Hand rief ich bei der Fluggesellschaft an (man muss einer automatischen Ansage folgen und eine bestimmte Nummer drücken, um endlich einen Menschen zu erreichen) und erfuhr, dass ich einen Käfig für einen Inlandsflug mieten konnte, aber für internationale Flüge müsse man einen eigenen Käfig benutzen, das reichte mir, ich legte auf und rief meine Freundin A in Tokyo an: »A-ko, bitte, kauf einen Transportkäfig und komm nach Haneda.« A-ko, eine schwierige Freundschaft seit Oberschulzeiten, nahm den Auftrag an: »Alles klar, in Ordnung.« Die Leute von der Autovermietung schauten fassungslos zu, wie ich hektisch nach und nach einen Aktionsplan entwarf und in die Tat umsetzte, doch als sie registrierten, wie es laufen sollte, setzten sie mich in den Wagen, den ich gerade zurückgegeben hatte, brachten mich zum nächstgelegenen Punkt am Abfertigungsschalter (normalerweise steigt man am anderen Ende des Flughafens an einem speziellen Platz für Mietwagen ein und aus) und halfen mir mit dem Gepäck. Sie waren überaus hilfsbereit!

Ich rannte. Louis rannte auch. Mehrere Male stolperte ich über seine Leine und trat ihn. Manchmal rollte sich die elastische Hundeleine nicht mehr auf. Louis wurde immer wieder getreten, aber er rappelte sich wieder hoch. Es wäre schön gewesen, wenn er mir freiwillig gefolgt wäre, aber damit war bei Louis nicht zu rechnen, stellen Sie sich also vor, wie ich an der Leine zerrte und weiter zerrte, bis wir es zum Check-in-Schalter schafften. In diesem Moment bemerkte ich ein weiteres ernsthaftes Versäumnis.

Oje, ich hatte das Beruhigungsmittel vergessen, das Louis für Start und Landung einnehmen sollte.

Der Start in Kumamoto, die Landung in Haneda, der Start in Haneda und die Landung in LAX – diese vier Phasen seien die beängstigendsten und stressigsten der ganzen Reise, hatte mir Dr. D. erklärt und mir ein spezielles Beruhigungsmittel und ein Medikament gegen Übelkeit in die Hand gedrückt: »Wenn Sie ihm das beim Start in Kumamoto geben, wird er für den Rest in den Wolken sein und so vernebelt, dass er die Prozeduren in Haneda gar nicht mitkriegt.« Das hatte ich also versäumt, Louis war bei Start und Landung bei vollem Bewusstsein.

Als ich Louis in Haneda entgegennahm, war er ruhig und gelassen. Er sah nicht so aus, als hätte er zwei traumatische Ereignisse verkraften müssen. Ich nahm ihn an die Leine und ging nach draußen, dort erwartete meine Freundin uns mit einem frisch gekauften Transportkäfig. Wie gut, dass sie da war! So musste ich auch den Rest der Prozeduren hier nicht mehr allein bewältigen. Mit zwei Koffern, zwei Taschen, einem Transportkäfig und einem Hund, der das Reisen nicht gewöhnt war, nahmen wir den Bus zum International Terminal, stiegen aus, schoben das Gepäck vor uns her mit dem Hund im Schlepptau bis zum Quarantänegebäude, wo eine kleine Lampe leuchtete.

In der Quarantänestation war es bereits dunkel, die Türen waren geschlossen, und nur Kunden mit Termin durften hinein. Die Tierärztin, die herauskam, war genauso freundlich wie die Schwester Joy im Pokémon-Center, wo alle verletzten Pokémon verarztet werden.

Mit ihr hatte ich schon einmal gesprochen. Im Zuge meiner Reisevorbereitungen hatte ich bei der Quarantänestation in Haneda angerufen und den Termin für die Untersuchung festgemacht. So war ich bei ihr gelandet. Während ich der Ärztin zuhörte, die ruhig und langsam in demselben Tonfall wie damals sprach, erinnerte ich mich an die Tage, als ich akribisch – bloß keinen Fehler, bloß keinen Patzer! – alles Mögliche überdachte, es fühlte sich an, als erinnerte ich mich an etwas Verlorenes. Im Ergebnis waren es dann doch jede Menge Fehler, aber immerhin hatte ich es bis hierher geschafft. Die Ärztin bestätigte, dass alles in Ordnung sei. Und ich hatte das Gefühl, dass sich die ganze Aufregung, die Unruhe, die Sorgen und die Anspannung seit diesem Morgen allmählich legten.

»Das darf ich nicht laut sagen, aber hinter dem Haus gibt es eine Wiese, da können Sie ihn pinkeln lassen«, sagte die Ärztin.

Wir gingen nach draußen, steckten Louis zurück in seinen Käfig und gingen zum Schalter im Terminalgebäude, um einzuchecken.

»Im Frachtraum wird es ziemlich kalt, aber machen Sie sich keine Sorgen: Wo die Tiere hinkommen, haben wir es gut temperiert. Ich habe selbst einen Hund, ich weiß das«, sagte mir fröhlich der Mensch von der Airline. Dann ging es zur Sicherheitskontrolle, ich bekam das Okay und verabschiedete mich von Louis. (Danach vergingen weit über zehn Stunden. Ich ging durch die Passkontrolle, bestieg das Flugzeug, hob ab, landete nach einer Reihe von Ritualen – Film ansehen, schlafen, aufwachen und essen – und passierte die Einreiseprozeduren in die USA) und sah ihn an der Gepäckausgabe des Flughafens von Los Angeles wieder. Louis war ganz Louis, denn er war ja nicht vom Beruhigungsmittel benebelt. Er sah nach zwei weiteren traumatischen Starts und Landungen nicht wie ein Wrack aus.

Wir wurden von dort an eine andere Stelle geschickt, nicht die, die wir normalerweise passieren.

Allein die Tatsache, dass es jetzt woanders hinging, machte mich nach all den schlechten Erfahrungen ängstlich, mein Gesicht verzog sich, ich glaube, meine Antworten waren ein wenig steif. Die Quarantäne verlief jedoch reibungslos. Ich brauchte ihnen nur die Unterlagen zu zeigen, die mir der Arzt gegeben hatte. Louis wurde durchgelassen. Als wir das Gebäude verließen, waren Sarako und Tome da und nahmen uns im kalifornischen Sonnenschein in die Arme. Louis erinnerte sich an beide. »Die ältere Schwester, die mit mir gespielt hat, und die andere ältere Schwester, die mit mir gespielt hat. Die beiden, die riechen genau wie Opa und Frauchen.« Und er rannte unbekümmert auf dem Rasen vor dem Flughafen LAX herum. Dann stiegen wir ins Auto, und es dauerte anderthalb Stunden, bis wir zu Hause waren.

Take war anscheinend unsterblich. Sie war viel mehr sie selbst als vor drei Wochen, also vor meiner Abreise nach Japan. Sie saß immer noch auf ihrem

Hundebett, da sie kaum aufstehen oder gehen konnte, aber sie konnte ihren Kopf heben, auf das reagieren, was um sie herum geschah, hatte ihre eigene Meinung und freute sich über meine Rückkehr. Aber sie war auch dement, und sie nahm den Neuankömmling kaum wahr.

Nico kam herausgerannt, sein ganzer Körper zappelte vor Freude, aber als er Louis sah, erstarrte er, folgte ihm, beschnupperte ihn und steckte ihm fast die Nase in den Hintern. Doch schließlich ließ er Louis ins Haus.

Louis schnüffelte im Haus herum, achtlos und sehr unsensibel. Er lief auch unbefangen sehr nah bei Take herum. Er steckte sogar seine Schnauze in Takes Fressnapf. Da bemerkte Take endlich, was los war. Jemand ist hier. Jemand ist im Haus und dringt in mein Revier ein. Seitdem fletscht sie beängstigend die Zähne und knurrt Louis an, aber zum Glück will ihr Körper nicht mehr, sodass ihre Zähne Louis nicht erreichen. Und Louis ist einfach nur Louis, unbeschwert und gleichgültig.

Mission erfüllt

Das ganze Haus stinkt.

Wir wissen, dass Louis seine Duftmarken gesetzt hat. Und in all dem Durcheinander markiert jetzt auch Nico, wo er kann. Unter den Blumentöpfen im ganzen Haus sind Pfützen von Pisse. An allen Ecken und Kanten des Hauses hat jemand gepinkelt. Und dann quält sich Take, die nicht weit kommt, auch noch auf die Terrasse und lässt dort rauschend ihr Wasser ab. Und das mehrmals am Tag. Da lassen sich Nico und Louis nicht lumpen und pinkeln die ganze Fläche voll. Wenn man die Tür zur Terrasse öffnet, pestet es so stark, dass man unwillkürlich Nase und Augen verschließt.

Ich gehe morgens und abends spazieren. Da ich nicht alle auf einmal mitnehmen kann, führe ich zuerst Take aus. Ich lege ihr ein Geschirr an, in dem ich sie anschließend die Treppe hinuntertrage, draußen halte ich ihr einen Keks hin, während wir auf der Straße vor dem Haus bis zum übernächsten Haus gehen. Früher war es für sie schwierig, Stufen zu nehmen, aber jetzt, mit dem Geschirr, klappt es. Take schwebt wie eine Marionette durch die Gegend. Sie ganz hochzuheben, ist für mich zu schwer, und sie hat auch ihren eigenen Willen, also torkelt sie hin und her und stößt immer wieder irgendwo an. »Wenn ich wieder zurückkomme, kriege ich Milch.« Mit dieser Vorfreude rafft sie sich mühsam auf und geht spazieren.

Während Take ihre Milch trinkt, bringe ich die Papillons nach draußen. In Kumamoto benutzte ich eine Flexi-Leine, aber mit zwei Hunden klappt das nicht. Sie laufen nebeneinander, nach vorn und nach hinten, manchmal kreuzen sie sich, sie schnüffeln und pinkeln. Wenn ich mich im Park auf eine Bank setze, springt Nico sofort hoch. Ich streichle ihn. Louis sieht mich mit einem neidischen Blick an, das will er auch. Ich nehme ihn hoch und streichle ihn. Dann streichle ich wieder Nico. Ich streichle wieder Louis. Ich streichle wieder Nico.

Louis tut einfach nichts.

Er springt nicht auf meinen Schoß. Er macht nicht »sitz!«. Er macht nicht »bleib!«. Er kommt kaum einmal, wenn ich seinen Namen rufe. Es ist nicht so, dass er kein Englisch verstünde oder nicht gehorcht, es ist einfach die Art, wie er lebt. Er hat lange mit meinem Vater in dessen Wohnzimmer gelebt. Mein Vater hat ihn nicht erzogen. Er war immer da, also musste er auch nicht gerufen werden. Louis hat sich total auf meinen Vater verlassen, er hat ihm das Gewicht der Realität und Wärme zu spüren gegeben.

Louis lehnt sich an.

Die Art und Weise, wie Louis sich anlehnt, ist ziemlich anders als die von Nico. Louis lehnt sich mit dem Gewicht seines ganzen Körpers an mich, so sehr, dass er umkippen würde, wenn ich mich plötzlich nach vorne bewegte. Tatsächlich ist es schon öfter passiert, dass er das Gleichgewicht verlor und zur

Seite fiel, als er sich allzu stark gegen mich lehnte. Wenn ich ihn nicht festgehalten hätte, wäre er runtergefallen.

Louis folgt auf Schritt und Tritt.

Er ist neu in diesem Haus und hat sich noch nicht an den Ort oder die anderen Hunde gewöhnt. Auch seine Beziehung zu den Menschen ist noch lange nicht geklärt. Und doch folgt Louis uns überallhin, ohne sich um die anderen Hunde zu kümmern. Und er schaut ständig zu uns hoch. Ich weiß noch, wie mein Vater zu ihm sagte: »Du kriegst noch einen steifen Hals, wenn du immer so viel nach oben schaust.«

Einmal ging die schweigsame Sarako, als Louis ihr überallhin folgte, in die Hocke, tätschelte seinen Bauch und sagte zu ihm:

»Louis, du hast deinen Auftrag erfüllt, du kannst jetzt tun, was du willst.«

Louis' Aufgabe war es gewesen, für Großvater zu sorgen. Großvater ist jetzt tot. Tatsächlich war seine Mission damit wohl erfüllt.

Jetzt ist jeder Tag hell, das Fleisch ist köstlich, die Spaziergänge machen Spaß, und er erinnert sich überhaupt nicht mehr an Großvater. Aber die elf Jahre, die er mit Großvater gelebt hat, waren so prägend, dass er nie vergessen kann, wie er ihm nachgelaufen ist. Deshalb folgt er auch jetzt noch jemandem auf Schritt und Tritt und schaut zu ihm auf. Es ist nicht Großvater, aber sein Körper bewegt sich genauso wie bei ihm. So wird er sich immer bewegen. Soll ich sagen, warum?

Er tut es, weil er ihn jetzt zwar vergessen hat, aber er wird sich sofort an ihn erinnern, wenn er eines Tages zurückkommt. Diese Aufgabe wurde ihm von dem, was Hundeherz heißt, übertragen, und Louis führt sie mit großem Einsatz aus.

Epilepsie-Tage

Es war spät in der Nacht oder besser gesagt vor der Morgendämmerung. Ich wurde durch ein Geräusch geweckt. Der Raum war vom Mondlicht hell erleuchtet. Ich sah, wie Louis einen epileptischen Anfall hatte. Sein kleiner Körper richtete sich auf, krampfte sich zusammen und schlug klopfend gegen die Wand.

»Louis hat Epilepsie«, hatte mein Vater immer gesagt. »Ich dachte, er würde sterben«, sagte er, »ich habe ihn immer weiter gestreichelt.«

Ich dachte nicht, dass es so ernst ist, bis ich es mit eigenen Augen sah. Zum ersten Mal sah ich es ein paar Tage nach dem Tod meiner Mutter. Damals erschrak ich richtig. Louis zitterte. Er zitterte, als ob etwas von ihm Besitz ergriffen hätte und er nicht mehr Louis war. Danach sah ich es noch viele Male. Es gab Zeiten, in denen Louis in der Nacht neben mir krampfte. Nach dem Tod meines Vaters wohnten wir ja eine Weile zusammen in meinem Haus. Louis schüttelte sich etwa 20 Minuten lang, dann legte es sich, und er stellte sich mit zutiefst erschöpftem Gesichtsausdruck ruckartig auf. Das Bett war mit Sabber und Pisse durchtränkt.

Nach einem Anfall zog es Louis meist an enge Stellen. Oft kroch er hinter den Fernseher, zog Kabel heraus und stieß Vasen und anderes herunter. Manchmal ging er raus in den Garten und versteckte sich unter der Veranda. Also habe ich im Haus meines Vaters sämtliche Verstecke zugebaut. Und dafür gesorgt, dass er nicht einmal mehr unter die Veranda kriechen konnte.

»Ich konnte ihn rufen, sooft ich wollte, er kam einfach nicht, und ich dachte, der stirbt mir noch unter der Veranda, da habe ich's nicht ausgehalten, hab ihn unter der Veranda hervorgezogen und ihn auf den Arm genommen und reingetragen, war ganz schön schwer, der Bursche, ich dachte schon, jetzt sterbe ich!«, sagte Vater. Das war, als er noch etwas bei Kräften war.

»Ich hätte ihn gern auf dem Arm gehalten, aber dafür war er zu schwer, also hab ich ihn die ganze Zeit gestreichelt, als er aufwachte, ist er wieder irgendwohin verschwunden, aber irgendwann kommt er wieder«, sagte Vater. Das war kurz bevor er starb. Da konnte er fast überhaupt nichts mehr.

Herumwandern, in enge Spalten kriechen. Anscheinend ist das typisch nicht nur für Louis, sondern auch für andere Hunde mit Epilepsie. Das habe ich irgendwann im Internet nachgelesen und meinem Vater erklärt. Das ist halt so, also lass es einfach laufen, es wird schon (wahrscheinlich) in Ordnung sein.

Egal, wie ich es erklärte, mein Vater hörte offenbar nicht sehr gut zu. Er rief mich jedes Mal an, war immer besorgt. Für meinen Vater gab es nur Louis' zitternden Körper. Er war voller Sorge, was passieren würde, falls Louis stürbe und er ganz allein zurückbliebe.

Der heutige Anfall war kurz. Er dauerte nur ein, zwei Minuten. Louis stand auf und ging die Treppe hinunter. Also ging ich auch nach unten. Da begrüßte mich Louis. Er hatte sich nicht versteckt. Also nahm ich ihn auf den Arm und setzte mich für eine Weile auf den Stuhl am Esstisch. Ich hielt ihn in aller Ruhe in den Armen. Schließlich stieg Louis von meinem Schoß. Also ging ich in mein Arbeitszimmer. Take schlief die ganze Zeit. Sie zuckte nicht einmal, als ich ins Zimmer trat. Nur ihr Bauch bewegte sich friedlich. Der schlafende Computer wachte auf. Ich schaute auf die Uhr, es war 19:05 Uhr. Mein Rechner war auf japanische Zeit eingestellt, japanisch, weil dort mein Vater lebte. Ich wollte immer wissen, was mein Vater gerade tat. Nun ist er tot, aber ich habe es immer noch nicht umgestellt.

Der Gedanke, dass mein Vater die Epilepsie von Louis allein beobachtete, lastet schwer auf mir und will nicht verschwinden. Dass er Louis allein streichelte, allein auf die Veranda torkelte, allein in den kalten Garten hinunterging, ihn allein fand, ihn voller Angst, er könne sterben, hochnahm und ins Haus brachte, das alles lastet schwer auf mir. Das Bedauern darüber, meinem Vater damals nicht beigestanden und seine Trauer und Angst nicht mit ihm geteilt zu haben, wiegt für mich noch schwerer als das Gewicht von Louis.

KAPITEL 6

Takes Liebe

Ich war auf Reisen

Ich war lange Zeit auf Reisen. Da schrieben mir mein Mann und meine jüngste Tochter, während ich unterwegs war, immer wieder, Take werde immer schwächer und hätte wohl nicht mehr lange zu leben. Ich kam also voller Bangen nach Hause und öffnete die Tür.

Nico hatte einen Blick, der sagte: »Während Frauchen weg war, habe ich die ganze Zeit vor der Tür auf dich gewartet.« Louis schien zu sagen: »Ich hatte dich bis jetzt vergessen, aber jetzt gerade habe ich mich wieder erinnert.« Pi-chans kreischendes »Willkommen zu Hause«. Aber Take war nicht da. Gerade als ich das dachte —, da hörte ich das kratzende Geräusch von Krallen auf dem Boden, und dann erschien Take, schwankend und am ganzen Körper zitternd.

Ihre Pobacken waren mager, ihr Fell war struppig, und ihr Alterungsprozess war noch weiter vorangeschritten. Und doch hörte sie meine Stimme mit ihren tauben Ohren, roch meinen Geruch mit ihrer tauben Schnauze, raffte sich mit wackligen Gliedern auf und kam unsicher über den glatten Holzboden hergetapst, um mich zu empfangen.

Take war in der Tat drastisch gealtert. Was mich jedoch mehr als ihr Alter irritierte, war der Verfall des Hauses. Nein, eigentlich ist es kein Verfall, es ist ja keine unbewohnte, baufällige Hütte. Es wird ja von Menschen bewohnt. Aber alles ist auf Hunde ausgerichtet, letztendlich gleicht es einer Tierhöhle, das menschliche Leben rangiert allenfalls an zweiter Stelle.

Vor allem riecht es nach Pisse. Es stinkt unerträglich.

Die Tür zur Terrasse steht offen. Die Terrasse, ein einziger Pinkelplatz, es stinkt zum Himmel. Man kann nirgendwo hintreten, denn überall sind Kothaufen. Manchmal hebt sie jemand auf. In einer Woche sammelt sich eine Einkaufstasche voll Kot. Ich war einen Monat weg, aber was hier herumliegt, ist womöglich noch mal eine andere Nummer. Pisse riecht schlechter, wenn sie trocknet, aber Kotgeruch wird durchs Trocknen schwächer. Das ist die einzige Rettung.

Überall im Haus sind Yogamatten ausgelegt. Sie dienen als Anti-Rutsch-Matten für Take, da sie mit ihren Krallen auf den Dielen ausrutschen und stürzen könnte. Die Farben sind Lila und Grün, ein innenarchitektonischer Horror, und da sie für Yoga gedacht sind, sind die Matten mit seltsamen orientalischen Bambus- und Lotosmustern versehen. Na ja, das ist in Ordnung. Wenn das nötig ist, um das Haus für Take sicher begehbar zu machen, dann her damit. Das

Problem ist jedoch, dass Nico und Louis sie mit einer Pinkelmatte verwechseln. Die Matten sind also voller Flecken, an mehreren Stellen sind Pfützen entstanden. Selbst Take, die weiß, dass es keine Pinkelmatten sind, schafft es nicht rechtzeitig nach draußen und uriniert darauf in einem dicken Strahl.

Noch einmal: Take weiß ganz genau, dass es sich nicht um Pinkelmatten handelt, sondern um eine rutschfeste Oberfläche. Also versucht sie vorsichtig, die Lücken zwischen den Matten zu überspringen, nur um nicht auf den Dielen auszurutschen. Wenn sie den Rand einer Matte erreicht, bleibt sie stehen, schätzt sorgfältig die Entfernung ab, als ob sie an einer Klippe stünde und versuchen würde, auf die andere Seite zu springen, und wagt dann mit aller Kraft den Sprung. Und jedes Mal taumelt sie und fällt um. Obwohl die Matten eigens so ausgelegt sind, dass sie nicht ausrutschen kann, schafft sie es, beim missglückten Sprung zu stürzen. Ihre hilflose Haltung, wenn sie gestürzt ist, ihr trauriger Gesichtsausdruck, ihr verzweifeltes Zappeln, das alles sieht so sehr nach meinem Vater aus, als sei mein Vater in sie gefahren.

Ich fasse sie an der Hüfte und helfe ihr, sich aufzurichten.

Das ging zwei Tage lang so, bevor mein Vater starb. Ohne zu ahnen, dass er bald sterben würde, hielt ich immer wieder still und ernst den Körper meines Vaters so umfangen und richtete ihn wieder auf. Ich hätte ihn besser stützen können, ich kann Take doch so stützen, ich hätte auch Vater besser stützen können, solch sinnloses Zeug dachte ich, während ich Take aufhalf.

Manchmal gehen ihre Hinterbeine in die eine und ihr Oberkörper in die andere Richtung, dann packe ich sie an ihrem Geschirr und dem Fell an ihrer Hüfte und drehe sie mit einem Ruck wieder gerade.

Auch das ruft wieder Erinnerungen auf. Um meine Mutter vom Rollstuhl auf die Toilettenschüssel oder vom Rollstuhl auf den Autositz zu hieven, musste ich mir auch einiges einfallen lassen. Ich konnte sie nicht an der Hüfte festhalten, wie ich es jetzt bei Take tue. Ich packte also die Hose und den Schlüpfer meiner Mutter und zog sie außen hoch, damit konnte ich sie mit ihrem ganzen Körpergewicht hochzerren. Vielleicht trug meine Mutter sogar deshalb Hosen und diese dicken Baumwollstrumpfhosen und manchmal lange Unterhosen. Takes Fell hängt nur lose an ihrem Körper, genau wie die Hosen, Strumpfhosen und Unterhosen meiner Mutter. Wenn ich sie am Fell packe, kann ich Takes ganzen Körper hochziehen. Aus diesem Grund kam es mir immer so vor, als ob Take einen Pelz trüge.

Dass ich dachte, Take sei nun endgültig am Ende angekommen, war kurz nach meiner Rückkehr, als sie in ihren Sitz pinkelte.

Dass sie täglich im Sitzen kotete, das war ich schon gewohnt. Aber sie hatte noch nie im Sitzen gepinkelt. Dabei schien Take selber nichts zu bemerken, doch es war schwer vorstellbar, dass sie die Nässe an ihrem

Unterkörper nicht mitbekam. Sie tat nur so! Mich drängte es eigentlich, sie zu waschen, aber heißes Wasser über ihren wackligen Körper zu gießen, sie zu shampoonieren und zu frottieren, kam mir dann doch zu übergriffig vor. Daher riecht Take immer noch nach Pisse.

Aber mehr noch als das Pinkeln ist ihr Durchfall das Problem.

Ich habe da echte Schwierigkeiten. Ich kann es nicht einmal anfassen. Der Gestank ist scheußlich, und ich ekle mich vor der Konsistenz. Anfangs lauwarm, wird der Stuhl nach einer Weile merkwürdig kalt. Aber ich bin diejenige, die es wegmachen muss. Das kostet mehr Energie als das Aufwischen von Urin oder das Aufsammeln und Wegwerfen von hartem Kot.

Ich füttere Take schon seit einiger Zeit mit demselben Futter. Trockenfutter mit einer Beilage aus Hundefutter aus Dosen, bestreut mit etwas gekochtem Huhn. Der Hersteller bleibt derselbe, die Mengen bleiben gleich. So bemerke ich Veränderungen sofort. Wenn es ein Problem gibt, weiß man sofort, dass es nicht am Essen liegt. Das ist die Ichiro-Methode.

Außerdem verlässt Take neuerdings nicht mehr mein Zimmer, es sei denn, ich rufe sie zum Fressen in die Küche.

Als sie jünger war, war das anders. Solange ich in der Küche war, beobachtete mich Take vom Hundebett im Wohnzimmer aus. Sie war in der »Platz«-

Position, den Oberkörper auf dem Kissen, aber mit leicht angespannten Beinmuskeln, sodass sie sofort loslaufen konnte, wenn ich sie rief. Und wenn ich sie rief, kam sie sofort. Während ich den Kuchenteig rührte oder die Sahne schlug, wartete Take schon hinter mir, als hätte sie gleich ihre Aufgaben zu erfüllen. Ich reichte ihr die Schüssel, und sie leckte sie sorgfältig sauber glänzend aus. So sauber, dass man sie eigentlich nicht mehr spülen müsste. Unsere Lebensmittelabfälle reduzierten sich dank Take um die Hälfte. Makrelenhechtköpfe, Lachshäute und Rinderrippenknochen waren allesamt willkommen. Sie liebte Apfelstrünke, Birnenschalen und sogar Weintrauben, von denen die meisten Leute sagen, dass man sie nicht an Hunde verfüttern sollte. Manchmal hatte sie Durchfall, auch wenn wir nicht wussten, was die Ursache dafür war. Viele Deutsche Schäferhunde haben einen schwachen Magen. Neuerdings kotet Take im Haus und in meinem Zimmer. Sie tut es nur dort. Ich möchte das Risiko von Durchfall so weit wie möglich reduzieren.

Sie kommt nur, wenn ich sie zum Fressen rufe, aber wenn sie kommt, frisst sie viel. Es ist das gleiche Trockenfutter, das gleiche Dosenfutter, tagein, tagaus, aber Take frisst mit Begeisterung. Sie schlingt es herunter. Sie frisst dasselbe Essen mit Begeisterung, als ob das überhaupt kein Problem wäre. Und täglich hat sie Verdauung. Wo es passiert, ist ja egal.

Manchmal habe ich einen rasenden Appetit auf etwas. Aal aus einem Aalrestaurant in Tokyo oder

Buchweizennudeln aus einem Spezialgeschäft in Tokyo. Spezielle Sahnebrötchen aus Soundso oder japanisches Konfekt von Soundso. Ich sehne mich danach, denn ich lebe weit weg von Japan und kann mir all das nicht einfach besorgen. Es ist weniger ein Appetit als vielmehr ein heftiges Gefühl, das man Verlangen oder Begierde nennen könnte. Mein Vater war auch so. In den letzten Jahren seines Lebens saß er vor dem Fernseher, schaute sich Varietéshows und Werbespots mit Lebensmitteln an und sprach darüber, wie gerne er dies oder jenes essen würde. Wenn ich nach Kumamoto zurückkehrte, bat er mich, ihm Takoyaki (Oktopusbällchen), Yakisoba (gebratene Nudeln) und andere minderwertige Lebensmittel zu kaufen. Das war der Beweis dafür, dass er »noch lebte« und »länger leben wollte«.

Jedes Mal, wenn ich Dosenfutter mit Trockenfutter mische, hoffe ich inständig, dass Hunde keinen solchen Heißhunger kennen und dass Take sich nicht an die Makrelenhechtköpfe, die Rinderrippchen oder die Kuchenteigreste in der Schüssel erinnert.

Take ist hetero und sexistisch

Hunde sind Rudeltiere. Sie sind sensibel für Hierarchien. Kein Interesse an Demokratie. Das Recht liegt immer bei den Starken. Einzelkämpfertum wird abgelehnt.

So weit war mir das klar, aber ich denke oft, es ist noch mehr, da gibt es auch noch einen ausgeprägten Sexismus.

Wenn ich mich recht entsinne, sagte Konrad Lorenz so etwas wie »Hunde müssen weiblich sein«. Auch Desmond Morris und Ernest T. Seaton haben sich in diesem Sinne geäußert, meine ich (beides unbestätigt). M, der Besitzer von Takes Mutter, das heißt der M, Hausherr und Vater von Takes Familie, sagte das auch. »Wenn du dir einen Hund zulegst, dann muss es eine Hündin sein, die ist intelligenter und treuer.«

Da ich lange Zeit mit Take gelebt habe, habe ich meine Zweifel an dieser Art von Weibchen-Präferenz.

Der Aussage liegt meines Erachtens das Faktum zugrunde, dass die Personen, die das behaupten, männlich sind. Als menschliche Rüden fühlten sie sich von Hündinnen, ganz ungeachtet der Artengrenze, bedingungslos angezogen, sie waren leicht zu erziehen und wurden von ihnen ja regelrecht vergöttert. Waren am Ende Rüden nicht gerade die, jenseits von Feminismus, Gleichberechtigung oder dergleichen, die die Vorstellung vertreten, das Männliche sei stark, das Männliche sei großartig?

Nein, Take ist für sich genommen sehr stark. Sie hat Rüden erbarmungslos in die Flucht geschlagen. Verglichen mit ihr waren ihr Bruderhund und die Papillons allzu schwach. Von all den Hunden, denen sie auf unseren Spaziergängen begegnete, konnte es kaum einer mit ihr aufnehmen. Doch wenn die starke Take einen bestimmten menschlichen Rüden sah, erkannte sie ihn als starken und tapferen Hund an, ohne ihn herauszufordern, sie verbeugte sich sogar vor ihm, schmeichelte und kokettierte.

Das habe ich häufiger erlebt. Take schmiegte sich kokett an Männer. Nicht etwa, dass sie sich ihnen unterwirft, weil sie stark sind, sondern, wie soll ich sagen, als Ausdruck von Liebe zu einem menschlichen Männchen, die sich bei ihr Bahn bricht. Ein Ausdruck, der besagte, sie wäre jederzeit bereit, eine Ehe zwischen Mensch und Tier einzugehen, wenn die Männer es nur wünschten.

Ehrlich gesagt, meine Tage mit Take waren eine einzige Serie von Selbstbehauptungskämpfen. Das liegt, glaube ich, vor allem daran, dass Take und ich dasselbe Geschlecht haben und wir beide die Alphatiere unseres Rudels sind.

Take hatte einen Bruderhund. Als Welpe war er ausgelassen, großgesichtig und unschuldig wie ein Bär, als ausgewachsener Hund wuchs er auf etwa das Anderthalbfache ihrer Größe an, ein Rüde mit breiten

Schultern, schmaler Hüfte und hängenden Hoden. Er lief schneidig durch die Gegend, hob, wo es nur ging, das Bein, pinkelte überall hin und nahm jeden Hund ins Visier, der sich ihm in den Weg stellte. Er war unbesiegbar. Und doch war er gegenüber seiner großen Schwester erbärmlich verzagt und hilflos. Als er mit seinem Besitzer zu uns nach Hause kam, sprang er freudig aus dem Auto. Seine Schwester kam ihm entgegen, begrüßte ihn liebevoll und drückte ihre Schnauze an seine. Doch sobald der Bruder das Haus betrat, war seine Schwester wie umgedreht, schubste und biss ihn und jagte ihn aus dem Tabubereich.

Außerhalb des Hauses, also des Tabubereichs, bedeutete für Take »ein Ort, an dem ich pinkeln darf«.

Jetzt ist sie inkontinent, aber damals war Pinkeln im Haus nur in den extremsten Notlagen denkbar. Und zwar nur in dem gekachelten Atrium, das eine Stufe tiefer liegt. Auch jetzt noch geht sie hin, wenn sie die Kraft dazu hat, und erleichtert sich dort.

Und ihr Bruderhund hockte da wie auf dem Lehmboden eines japanischen Hauses, als würde er an seinen niederen Status erinnert, und verlangte winselnd, eingelassen zu werden. Doch seine Schwester starrte von oben aus dem Wohnzimmer auf ihn herunter und ließ es nicht zu.

In unserem Rudel sind Sarako und ich Take absolut überlegen. Wir haben hart gearbeitet, um diese Position zu erreichen. Als Take jung war, gab es täglich Gehorsamkeitstraining ohne Ende. Bei allem, was wir taten, vermittelten wir den Gedanken: »Wir sind die Herren, Take ist Dienerin.« Beim Betreten des Hauses gingen wir voran, dann kam Take. Beim Essen genauso: Erst aßen wir, dann Take. Wenn wir draußen spazieren gingen, ließen wir sie nie einfach laufen, wie sie wollte, sondern sie hatte auf uns zu achten, und wir ließen sie links neben und leicht hinter uns gehen. Manchmal gaben wir das Kommando »Lauf«. Dann sprang Take befreit auf und lief für sich. Aber ihre Freiheit dauerte nur so lange, bis wir das nächste Kommando gaben.

Wir sind stärker als Take. Wir lieben Take, aber wenn sie auch nur das kleinste Anzeichen von Ungehorsam zeigte, erinnerten wir sie gnadenlos daran, dass sie falsch lag. Zum Beispiel gab es folgende Situation:

Wir hatten Besuch, und er wollte Take streicheln, doch sie fletschte die Zähne. Der Besuch war ein Nachbar, der oft vorbeikam, sich aber nie an Take gewöhnen konnte. Umgekehrt genauso. Take ist klug genug, um zu wissen, dass sie einen Nachbarn, den sie kennt, nicht anbellen sollte, und trotzdem bellt sie, als ob sie einen Dieb oder Bösewicht vor sich hätte. Also wirft der Nachbar ängstlich einen Hundekeks in Richtung Take und versucht, den tobenden Hund zu beruhigen. Aber von seinen Hüften bis zu seinen Fingerspitzen sagt sein ganzer Körper: »Ich hab Schiss, ich hab Schiss, ich hab Schiss, ich hab Schiss.« Das können sogar wir sehen, Take also erst recht. Ob angewidert oder um ihn zu necken, jedenfalls bellt sie den Nachbarn viel furchteinflößender an als jeden anderen.

Der Nachbar war zu diesem Zeitpunkt bereits im Haus und hatte sein Ritual zur Seelenbesänftigung (Kekse) beendet. Keine Ahnung, was er sich dabei dachte, er hatte doch Angst vor ihr und hätte sie einfach in Ruhe lassen sollen, aber er versuchte, Take zu streicheln. Plötzlich knurrte Take bedrohlich und schnappte nach ihm. In letzter Sekunde zog er seine Hand zurück. Sofort packte ich mir Take, griff sie an den Beinen und drehte sie auf den Rücken, rieb ihr die Schnauze und schimpfte leise mit ihr. Damals wog Take 40 Kilo. Um sie umzulegen, braucht es ziemlich viel Mut. Das gelang nur Sarako und mir. Wir waren stärker als Take.

Als sie den Nachbarn anknurrte und nach ihm schnappte, schien Take ihn zu verhöhnen. Nicht, dass sie eine schlechte Erfahrung mit ihm gemacht hätte, aber er passte ihr nicht, deshalb bedrohte sie ihn spöttisch, so kam es mir vor. Leider scheint die schlaue Take auch eine gewisse Boshaftigkeit zu besitzen, die man bei anderen Hunden nicht kennt.

Ich dachte immer, gehorchen wird sie mir nur, wenn ich mich anstrenge. Dass es ein Aufeinandertreffen zweier Kräfte sei und der Stärkere den Schwächeren unterwerfen wird. Als ich jedoch meine Bekannten und ihre Hunde beobachtete, stellte ich fest, dass eine gewisse Sorte Männer anscheinend überhaupt keine Schwierigkeiten dieser Art hatte. Einige Männer sagten mir, Hunde bräuchten kein Training, sie würden auf ganz natürliche Weise gehorchen, wenn man sie gut behandele. Ich habe auch mitbekommen, wie Take, als sie im besten Alter war, mit einem Mann flirtete. Es handelte sich um diesen M, den großen Weibchen-Verehrer, den Halter von Takes Mutter.

M wurde von Takes Mutter hingebungsvoll geliebt. Sie wich ihm nicht von der Seite und ließ ihn nicht aus den Augen. »Sie ist für mich wie eine Ehefrau«, so stellte M sie den Leuten vor. Wenn sie vorgestellt wurde, zappelte die Hundemutter am ganzen Körper und lehnte sich an das Bein ihres ehemannähnlichen Besitzers, während ihr ehemannähnlicher Besitzer mit einem zufriedenen Gesichtsausdruck die Brust des Hundes tätschelte.

Es wäre interessant gewesen, sich Take als das Kind vorzustellen, das aus dieser Beziehung hervorging, aber leider hat es nicht sollen sein. Er hatte ein Kind mit seiner menschlichen Frau, und sie wurde läufig und verliebte sich in einen Kollegen. Sie arbeitete halbtags bei der Polizei und war in den Schäferhund des Chefs verliebt. Anders gesagt: Take ist ein Hund vom Kopf bis zu den Krallen.

Eines Tages kamen M und seine Menschenfrau zu Besuch, die Menschen unterhielten sich und aßen miteinander. Der Bruderhund wurde immer noch nach draußen verbannt. Dann stand Take, die friedlich auf dem Hundebett in der Zimmerecke gesessen hatte, plötzlich auf, ging auf M zu, beugte sich vor, sah ihm in die Augen und flüsterte: »Ich liebe dich«. Takes Mutter war bereits seit mehreren Jahren tot. Take verhielt sich haargenau so, wie es früher ihre Mutter gegenüber M getan hatte. Als M, übertriebenen Trennungsschmerz andeutend, die Brust von Take streichelte, blickte sie unsagbar verliebt mit schlängelndem Körper zu ihm hoch.

Wenn sie verunsichert war, setzte Take sich mit ihrem Hinterteil auf meine Füße. Manchmal drückte sie ihren Körper mit Gewalt gegen meine Beine. Das fand ich rührend, es fühlte sich an, als würde ein Kind den Saum meines Rocks festhalten und sagen: »Mama, ich habe Angst.« Aber ich bin als weibliches Wesen noch kein einziges Mal so umworben worden.

M war als Mensch ein attraktiver Mann. Stark, klug, groß und gutaussehend, es war kein Wunder, dass ihn die Hündin anhimmelte. Dasselbe machte Take auch mit Sarakos Freund. Er war auch stark, groß, gutaussehend und sogar jung. So weit, so gut. Aber sie hat es auch mit meinem Mann gemacht! Diesem alten, mürrischen Hundehasser von Mann!

Lange Zeit war mein Mann ihr gegenüber gleichgültig gewesen, und umgekehrt wollte sie nichts mit ihm zu tun haben. Doch dann, als sie schon recht alt war, begann Take plötzlich, eng an ihm vorbeizustreichen. Nicht oft, aber gelegentlich. Egal, wie sehr er Hunde hasst, mein Mann ist ein Hetero. Er weiß genug, um zu erkennen, wenn ein Weibchen mit ihm flirtet. Mit unbeholfener Hand streichelt er Take den Rücken.

Das ist unfair. Das ist richtig unfair! Mit mir hat noch nie jemand geflirtet.

Meine älteste Tochter Kanoko wurde nicht nur nicht angeflirtet, sondern als sie nach langer Zeit zum ersten Mal wieder vom Studium nach Hause kam, hatte sie auch noch das Pech, von Take bestiegen zu werden. Als Take Kanoko nach so langer Zeit wiedersah, versuchte sie, sie auf die Probe zu stellen, weil sie dachte, sie selber sei vielleicht inzwischen in der Hierarchie aufgestiegen. Natürlich war das ein komplettes Missverständnis, und nachdem sie gründlich gescholten wurde – »Take, was fällt dir ein!« –, ließ sie ab und trollte sich.

Nicht jeder Mann ist geeignet. Take sucht sich definitiv die Männer aus, die sie mag. Einige der Männer, die in unser Haus kommen, werden gehänselt und schikaniert, wie der Nachbar, den sie fast gebissen hätte. Manche Männer werden nicht einmal angeschaut.

Und dann: mein Mann. Er glaubt, er sei der Patriarch, aber in Wirklichkeit ist er es nicht. Um ehrlich zu sein, dies war das Haus meines Mannes. Aber kaum hatte er mich in sein Haus geholt, vermehrten sich die asiatischen Frauen, die Hunde vermehrten sich, *eine Winde rankte sich um meinen Schöpfeimer, Wasser holte ich beim Nachbarn*, er geriet gendermäßig, kulturell und sprachlich in die Minderheit, und das bis heute. Doch mit dem Gespür eines Hundes schätzte Take ihn als den Patriarchen der Familie ein, einen starken und großen Mann. Der einzige Grund, der mir dazu einfällt, ist, dass mein Mann männlich und Take sexistisch ist.

Wenn ich ein Mann gewesen wäre, hätte Take kein Gehorsamkeitstraining absolvieren müssen. Sie hätte mich vermutlich mit kokettem Blick angeschaut, wäre mir wie ein Schatten gefolgt und hätte mir ohne Widerstand gehorcht. Und wenn sie ein Rüde gewesen wäre, hätte er mir gehorcht, hätte seine Augen nicht von mir abgewandt, sich an mich gelehnt, seinen Körper schlängelnd gewunden und mich umschmeichelt.

Takes Liebe

Vor einigen Jahren verliebte sich Take zum letzten Mal: N-o und seine Frau K-ko kamen aus dem fernen Kumamoto zu Besuch und blieben ein paar Tage bei uns.

Take war damals elf Jahre alt, also schon recht betagt. Nach menschlichen Maßstäben wäre sie etwas über 80 Jahre alt gewesen. Aber sie konnte immer noch ins Auto steigen und herumlaufen. Also nahm ich sie jedes Mal mit, wenn ich N-o und seiner Frau die Gegend zeigte. Wir fuhren in die Wüste und ans Meer. Und gingen auch unseren üblichen Wanderweg. Take genoss das alles in vollen Zügen.

Außerdem war Herr N-o Koch und stand oft in der Küche, um sein Können unter Beweis zu stellen. So war Take ständiger Gast in der Küche und starrte ihn unverwandt an. Manchmal bekam sie ein paar Fleischreste. Take freute sich riesig. Natürlich schmiegte sie sich an ihn und flirtete mit ihm vor aller Augen, so wie sie es mit allen Männern tat, die ihr gefielen. Manchmal schlich sie sich in das Zimmer, in dem sie schliefen, und ließ sich streicheln – »lieber Hund! lieber Hund!« Sie durfte auch mitgehen, wenn das Paar Spaziergänge machte. Und sie haben auch gewissenhaft ihren Kot aufgesammelt. All dies machte Take sehr glücklich.

Es war der Tag der Abreise von N-o und K-ko. Als alle ins Auto gestiegen und im Begriff waren, loszufahren, kam Take zum Tor hinaus und blickte uns durch den Eisenzaun mit einer Mischung aus Überraschung und Traurigkeit an. Diesen Blick werde ich nie vergessen. Ich hätte nie gedacht, dass ein Hund zu einem solch emotionalen und traurigen Gesichtsausdruck fähig ist!

Herr N-o saß auf dem Beifahrersitz. Auch sein Gesichtsausdruck war in diesem Moment unvergesslich.

Es war wie eine Szene aus einem Film.

Das Gesicht einer Frau in Großaufnahme. Dann das Gesicht eines Mannes in innerem Aufruhr, auch in Großaufnahme. Das Gesicht der Frau mit bebenden Wangen. Ihr Mund murmelt »Airabyū«. Das Gesicht des Mannes verzieht sich. Abblende: Die Frau hält sich am Zaun fest und bricht in Tränen aus.

»Es tut mir so unendlich leid«, sagte N-o bei der Ankunft am Flughafen. Als wir uns trennten, sagte er bedauernd: »Warum habe ich nicht gebeten, das Auto anzuhalten, warum bin ich nicht ausgestiegen und habe mich von Take richtig verabschiedet?«

Als wir uns in Japan wiedertrafen, sagte er auch wieder: »Warum bin ich nicht aus dem Auto gestiegen, um mich von Take richtig zu verabschieden? Das hätte ich doch sagen müssen!« »Ich möchte Take noch einmal sehen, ich möchte sie noch einmal sehen und mich von ihr richtig verabschieden.«

Ah, Herr N-o, er war Mitte fünfzig, so alt wie ich, eine Liebe, wie es sie nur einmal im Leben gibt – mit einer alten Hündin.

Mit Pi-chan spielen

Wie für Take ist auch bei Pi-chan, unserem Sowieso- oder Schuppenpapagei, meine mittlere Tochter Sarako die offizielle Besitzerin. Doch als Sarako von zu Hause auszog und eine eigene Wohnung nahm, blieben Take und Pi-chan zurück. So ist das oft im Leben von Haustieren.

Als ich selber jung war, habe ich auch meine geliebte Katze ohne zu zögern im Haus meiner Eltern zurückgelassen und bin weitergezogen.

Das Leben, wenn man jung ist, ist ein ständiges Auf und Ab: In einem Moment kann man nicht anders, als Katze oder Hund mitzunehmen, im nächsten muss man sich zwischen die brausenden Wogen werfen, mit einem Mann zusammenleben, Kinder bekommen und sie großziehen. In diesen Momenten würden die Katzen und Hunde, die wir so sehr lieben, nur zum Klotz am Bein. Ganz zu schweigen von den Vögeln. Ich war darauf gefasst, sie zurückzulassen, wenn es sein musste, nach mir die Sintflut.

Take war kein Problem. Als sie in mein Zimmer einzog, wurde sie gewissermaßen mein Hund. Aber Pi-chan – hmm, wie das laufen konnte, war ziemlich unklar.

Am Anfang konnte ich nicht einmal in seine Nähe kommen, so wütend war er. Ich wickelte mir ein Handtuch um den Hals, zog eine Kapuze und Handschuhe an und setzte Pi-chan todesmutig auf meine Schulter. Trotzdem wurde ich fürchterlich gebissen. Pi-chan hackte auf mich ein und traktierte alles nach Belieben mit seinem Hakenschnabel. Sein Schnabel war Haken und Locher zugleich, und er stanzte gnadenlos Löcher in Papierbündel, Plastikplatten, meine Wangen und meine Handrücken.

Ich gab nicht klein bei und behielt Pi-chan im Auge. Schon morgens nach dem Aufstehen setzte ich ihn auf meine Schulter. Ich hielt ihn den ganzen Tag über auf meiner Schulter, mit Rundumschutz. Er kletterte über meine Schulter auf die Stuhllehne, ging auf den Schreibtisch und kletterte auf den Computer. Wenn ich etwas aß, beugte er sich vor, weil er etwas abbekommen wollte, ich legte es mir auf die Zunge und gab ihm etwas davon ab. Anderenfalls würde er seinen Schnabelhaken in meinen Mund stecken. Wenn er trinken wollte, trippelte er über meine Schulter, hakte sich am Rand meines Mundes ein und zog ihn zu sich heran. Das war recht schmerzhaft. Und ziemlich beängstigend. Ich wusste nicht, was er als Nächstes tun würde. Möglich, dass er mich plötzlich durchlöchern würde. Mir blieb nichts anderes übrig, als einen Schluck Wasser mit dem Mund aufzunehmen und die Lippen ein wenig zu lockern, dann klappte es gut mit seinem Trinken.

So ging es tagein, tagaus. Ich möchte gerne glauben, dass er nun eingewöhnt ist.

Neuerdings haben Pi-chan und ich ein geheimes Spiel. Es ist ein Akt, mehr ein »Play« als ein Spiel, mit einem Hauch von SM, das behält man lieber für sich, aber ich will mich mal überwinden und gestehe es hier.

Pi-chan mag es, irgendwo reinzukriechen. Wenn ich ihn mit einem Handtuch greife und ihn unter meinen Pullover setze, ist er zufrieden und rührt sich nicht mehr. Sogar in seinem eigenen Käfig vergräbt sich Pi-chan im Zwischenraum zwischen dem Nest und der Sitzstange und schließt verzückt die Augen. Dann, eines Tages, kroch Pi-chan plötzlich in den Zwischenraum zwischen meinem Rücken und der Stuhllehne. Ich spürte sein Verlangen und übte mit meinem Rücken sanften Druck aus. Ich quetschte Pi-chan zwischen meinem Rücken und der Stuhllehne so zusammen, bis ich ihn fast erdrückte. Am Rücken spürte ich, wie das kleine Leben im Vergnügen badete. Es war ganz warm.

Manchmal spielen wir dieses Spiel. Pi-chan fleht mich an, »mach's doch, mach's doch«. Und ich quetsche ihn mit äußerster Vorsicht ein.

Sehen Sie? Das ist doch süß, oder? Ja, er ist wirklich süß. Doch ausgerechnet, wenn ich in solch einer ruhigen Stimmung bin, beißt Pi-chan unerwartet zu. Schon wenn ich mir bloß die Haare kämme, hackt er dabei auf meine Finger ein. Ohne dass ich irgendetwas getan hätte, hat er mir Löcher in die Lippen und Wangen gestanzt. Das ist keine Metapher. Im Ernst, richtige Löcher, mit Blut und allem. Das tut weh und macht Angst, sodass ich unwillkürlich den Vogel abschütteln möchte.

Wahrscheinlich gibt es keine Kommunikation mit ihm. Und keine Liebe. Und keine unveränderlichen Gefühle. Er erwartet nichts. Nichts ist vorhersehbar. Welchen Sinn hat es dann, einen Vogel zu halten? Bilde ich mir nur ein, dass da nichts ist?

Louis' Gefühle, Nicos Gefühle

Was die Frage angeht, ob sich durch Louis' Eindringen in der Beziehung der Hunde etwas bewegt hat, so kann man sagen: Es ist nichts passiert. Das liegt vor allem an Takes hohem Alter. Aber weder Take noch Nico sind über Louis' Eindringen erfreut.

Take erlaubt Nico neuerdings, ihr Zimmer (mein Zimmer, wenn ich mich recht erinnere) zu betreten. Nico, der bei sich einen gewissen Veteranenstolz entdeckte, brachte manchmal den Mut auf, sich an ihr vorbeizuschleichen, und erreichte seinen Platz im hinteren Teil des Raumes. Aber für Take ging das nicht mit Louis. Wenn Louis nur am Eingang des Raumes stand, fletschte sie ihre Zähne. Ein furchterregender Anblick, wie die Hannya-Maske im Noh, ein weiblicher Dämon. Ein Blick, der den Anschein erweckt, als seien die Machtverhältnisse stagniert, verzerrt und verkümmert.

Nun wird die Fratze nur gezeigt, aber sonst tut sich nichts, sodass kein wirklicher Schaden entsteht. Als Louis in der Nähe vorbeigehen wollte, griff Take ihn mit einem Knurren an, doch Louis entkam, und Take konnte ihn nicht schnappen. Das passierte des Öfteren, doch nie bekam Take ihn zu fassen. Das Einzige, was Take jetzt bleibt, ist, ihr Zähnefletschen aufzusetzen. Und das tut sie fleißig.

Nico hat anscheinend ein Problem mit seinem Gesicht, sodass er nicht eine furchterregende Miene wie Take aufsetzen kann. Aber manchmal knurrt er Louis mit einer tiefen Stimme an, wie von einem großen Hund.

Mein Stuhl am Esstisch war immer Nicos Platz. Wenn die Menschen mit dem Essen fertig waren, kam Nico zu mir, sprang auf meinen Schoß und setzte sich auf meine linke Seite, um so zu tun, als würde er sich an der Unterhaltung der Menschen beteiligen. Aber jetzt stellt sich Louis direkt vor mir auf und starrt mich an. Zu mir hochzuspringen, schafft er nicht, also schaut er nur unverwandt zu mir hoch. Und dann kommen mir unweigerlich die Tage voller Liebe in den Sinn, als Louis mit meinem Vater zusammenlebte, sorglos und friedlich, still und innig, und wenn ich an Louis' Herz denke, der das alles verloren hat, kann ich nicht anders, als ihn in meine Arme zu nehmen. Nico sitzt auf der linken Seite, also sitzt Louis rechts. Etwas eng ist es schon, aber es geht. So zu denken, ist menschliche Einfalt, ein Frevel, den Nico niemals akzeptieren würde. Auf meiner linken Seite also knurrt Nico weiter vor sich hin.

Wenn ich Nico und Louis ins Auto einsteigen lasse, setzt sich Louis flink auf den Beifahrersitz. Das war bisher aber immer Nicos Platz. Nico hat also keine andere Wahl, als sich auf den Boden vor dem Beifahrersitz zu setzen. Doch das wurmt ihn. Während ich also am Steuer sitze und fahre, macht Nico Anstalten, auf den Beifahrersitz zu klettern. Ich drücke ihn weg, schimpfe mit ihm, aber er hört nicht auf mich, er versucht einfach weiter, auf den Beifahrersitz zu klettern und wenn möglich auf meinen Schoß.

Louis ist derweil ganz ruhig. Egal, wie sehr Nico herummacht, er gibt nicht nach, bellt aber auch nicht. Er sitzt einfach still da, als wäre er schon über alles erhaben. Jedes Mal, wenn das Auto ruckelt (ich fahre recht ruppig), fällt Louis fast auf Nico drauf. Aber es ist immer Nico, der dann verzweifelte Knurrlaute von sich gibt.

Bei Einbruch der Dunkelheit liegt Nico auf einem Kissen neben mir. Wenn es dann Nacht wird, zieht er in Tomes Zimmer um. Mitten in der Nacht, wenn mein Mann und ich kurz vor dem Einschlafen sind, schleicht er sich in unser Zimmer und springt aufs Bett. Nachdem er am frühen Abend ein paar Mal von meinem Mann verjagt wurde, als er versuchte, ins Bett zu kommen, scheint er seine Lektion gelernt zu haben und wartet nun, bis wir eingeschlafen sind. Am Morgen liegen mein Mann, Nico und ich nebeneinander im Bett, Nico im Tiefschlaf fest an mich gekuschelt. Mein Mann hat inzwischen aufgegeben. Nico kuschelt sich so sehr an mich, dass mir fast das Herz aufgeht, so sehr scheint er mich zu mögen, aber es ist vollkommen pragmatisch: Sobald mein Mann aufsteht, rückt Nico schnell von mir ab, zieht auf sein Kopfkissen um und rollt sich dort zusammen. Nacht für Nacht schläft Nico auf diese Weise. Ich weiß nicht, was es bedeutet, dass er sich an mich kuschelt. Ich weiß auch nicht, was es bedeutet, dass er von mir abrückt.

Mein Vater, der über Einsamkeit und Alleinsein geklagt hatte, sagte oft, das Einzige, was er fühle, seien das Gewicht und die Wärme von Louis, wenn er sich mitten in der Nacht an ihn kuschelt. Mein Vater hat dem also Bedeutung und Emotion zugemessen, aber wenn ich mir Nico so ansehe, dann hat sein Verhalten eigentlich keine Bedeutung.

Das Problem ist Louis. Er will in unser Bett klettern, er reckt sich, er springt herum, er kratzt, kratzt, kratzt an der Bettkante. Die Matratze ist zu dick und zu hoch, als dass Louis heraufspringen könnte. Nico schaut von oben auf ihn herab und gibt jedes Mal ein leises Knurren von sich, wenn Louis an der Bettkante kratzt und kratzt.

»Na, was sagst du? Ich bin oben. Du bist unten. Ich schaff das. Du schaffst das nicht. Na, was sagst du? Ich bin hier oben. Du bist da unten.« — es war eindeutig das, was ich aus diesem Knurren heraushörte.

Louis will trotzdem noch aufs Bett steigen. Das ist ganz natürlich. Tage der Liebe, als Louis mit meinem Vater zusammenlebte, nur sie beide, sorglos und friedlich, still und innig, schlief er immer eng an meinen Vater gekuschelt. Kopfkissen und Decke gehörten eher Louis als meinem Vater. Falls Louis den Verlust meines Vaters empfindet, gesetzt den Fall, er hat solche Gefühle und Erinnerungen, dann muss er doch die Bettwärme mehr als alles andere vermissen. Bei diesem Gedanken drängt es mich, Louis auch in diesem Haus aufs Bett zu heben, aber mein Mann will das nicht. Nico will es auch nicht. Ich weiß nur allzu gut, wie es sich anfühlt, das Selbstvertrauen zu verlieren, wenn jemand so mir nichts, dir nichts in dein Revier eindringt, das nennt man auch Eifersucht, es ist verdammt hart, dieses Gefühl.

Also strecke ich meine Hand aus und streichle Louis' Brust, der schniefend unter dem Bett liegt. Louis drückt seinen Körper fest gegen meine Hand, als ob er zwischen meine Finger kriechen wollte. Doch dann krallt sich eine weitere kleine Pfote in meine Schulter. Also strecke ich meine andere Hand aus und kraule Nico an der Brust. Ist das nun Emotion oder nicht? Es wäre einfacher zu glauben, es gäbe sie nicht, aber irgendwo tief drinnen weiß ich, es ist unwahrscheinlich, dass es das wirklich nicht gibt.

Nico trifft auf einen Kojoten

Ich wollte Kojoten finden.

Das war der Grund, warum ich überhaupt in dieses Land kam. Ich wollte einen Blick auf die Kojoten erhaschen, die in der mündlichen Dichtung der amerikanischen Ureinwohner vorkommen. Kojoten haben mich schon als Kind angezogen. Die Lebensweise der weiblichen Kojoten, wie sie in Setons *Wild Animals* geschildert wird, faszinierte mich als junges Mädchen mehr als das Leben jeder anderen menschlichen Frau um mich herum, ich wollte als Frau so wie sie leben. Ich kam also in dieses Land, aber es war sehr schwierig, einen lebenden Kojoten zu sehen. Einige tote Exemplare sah ich auf der Straße liegen. Nur einmal, spät in der Nacht, bin ich auf der Straße einem Kojotenpaar begegnet. Sie schienen nur kurz im Scheinwerferlicht des Autos auf, das ich fuhr, dann waren sie fort. Es war nur ein Moment.

Es war Thanksgiving, ich wollte zu Verwandten nach Arizona fahren, und ich nahm nur Nico mit.

Take konnte nicht mehr in das Auto einsteigen. Bei Louis gab es noch zu viel, was er nicht konnte, als dass er zu Besuch in andere Häuser hätte mitgenommen werden können. Also nahm ich nur den wohlerzogenen Nico mit. Take und Louis vertraute ich Sarako an. Es war auch eine Gelegenheit, Nico Anerkennung zu zollen. Schließlich hatte er es schwer, weil Louis immer mehr in seinen angestammten Bereich eindrang.

Nico genoss seinen Status als Einzelkind, er genoss ihn in vollen Zügen. Er bekam viele Truthahnreste in der Küche, wurde mehrmals am Tag spazieren geführt, weil in einem fremden Haus natürlich besondere Achtsamkeit geboten war und kein Malheur passieren durfte, wurde von den Gästen verhätschelt und alle, die ihn sahen, meinten überrascht: »Was sind das denn für Ohren?« Mir ging es auch gut. Ich hatte ganz vergessen, wie wohltuend es ist, eine Beziehung zu haben, in der man sich nur anzuschauen braucht. Ich fragte mich, ob die Menschen da draußen es wohl schafften, solch eine Beziehung ihr Leben lang zu führen. Das wäre jedenfalls ein ruhiges Leben.

Die Gegend war mit Kakteen bewachsen. Zwar war es ein Wohngebiet, das jedoch weit von größeren Straßen entfernt lag; die Grundstücke waren abgesondert und weitläufig angelegt, sodass viel Natur erhalten blieb.

Wir gingen an einem Flusstal entlang. Ein Fluss, der kein Wasser führte. Das abgesenkte Flussbett war über eine lange Strecke mit Schotter bedeckt. Nur gelegentlich, wenn es regnet, führt der Fluss Wasser. An der Straße vor dem Fluss steht ein Schild: bei Hochwasser Betreten verboten. Der Fluss wird von dichtem Bewuchs aus Fächer-Kakteen und Mesquite-Bäumen gesäumt. Dichter Bewuchs, ja, aber ganz anders als bei Laubbäumen im immergrünen Subtropenwald, die alles verdecken. Hier ist die Oberfläche des Bodens immer sichtbar. Ein trockenes und staubiges Land.

Ich ging voran, Nico folgte. Dann hörte ich ein leises Bellen von Nico hinter mir und spürte, wie er sich bewegte. Ich drehte mich um und sah Nico ins trockene Flussbett rennen. Ich dachte, er würde ein Kaninchen jagen, wie er es immer tut, aber da war ein Hund. Nico, kein bisschen ängstlich, hüpfte zu ihm hinüber. Seine Bewegung drückte Neugier aus. Er tat so, als wüsste er nicht, ob er spielen oder angreifen wollte. Und der Hund, den Nico im Blick hatte, war etwa so groß wie ein Shiba Inu, mit langen Beinen, rötlichem Fell und einem dunklen Rücken.

Meine Schilderung dehnt sich, aber tatsächlich dauerte es von Nicos erstem Bellen bis zu diesem Moment nur wenige Sekunden, das heißt, ich erkannte sofort: Es war ein Kojote.

»Komm«, rief ich leise. Mit solch einem Gegenüber würde Nico wohl nicht heil davonkommen, dachte ich. Gleichzeitig bewunderte ich die Kreatur. Den jungen Körper. Das wilde Rot und Schwarz seines Fells, Farben, die man bei domestizierten Tieren nicht sieht. Der Kojote sah Nico an, ein wenig ängstlich, aber neugierig, drehte sich um und verschwand im Mesquite-Dickicht am anderen Ufer des trockenen Flusses. Nico verfolgte ihn. »Nico, warte!«, rief ich. Nico blieb stehen, hob ein Bein wie einen Zeiger, in der Pose, die Pointer und andere Jagdhunde einnehmen, wenn sie Beute gefunden haben, und starrte auf das Gebüsch, in dem der Kojote verschwunden war.

KAPITEL 7

Es ist so weit

Es ist so weit

An diesem Tag machte Take ihren Morgenspaziergang.

Sie ging schwankend wie immer, aß einen Keks nach dem anderen, den ich ihr auf den Boden warf, schaffte etwa zehn Meter, drehte sich um und traf auf dem Rückweg auf Louis und Nico, die Tome gerade ausführen wollte. Louis kam auf mich zu. In diesem Moment schnappte Take nach ihm und biss zu. Um Himmels willen! Louis rannte kreischend weg und in Tomes Arme. »Ich glaube, er wurde etwas gebissen«, sagte Tome. Doch offensichtlich nicht so schlimm wie »Um Himmels willen«!

Allmählich fühle ich mich belastet.

Take, Nico und Louis, alle sind auf mich angewiesen. Take, alt und klapprig geworden, Louis ohne richtiges Hundetraining, und Nico, der von Take und Louis herumgeschubst wird. Und dann ist da noch Pi-chan. Ein Vogel im Käfig, der aber normalerweise auf meiner Schulter sitzt, ohne einen Funken Freiheit, beobachtet mich ständig. Und dann ist da noch mein

Mann. Alt, mürrisch und frustriert von mir. Und auch noch meine Töchter, die nur an sich selbst denken und ihre Mutter nicht einmal als Person wahrnehmen (ja, so war ich auch in ihrem Alter). Während ich Takes Urinpfützen aufwischte und die stinkenden Yogamatten wusch, fragte ich mich, wie lange das wohl noch so gehen würde.

So war es auch bei meinem Vater.

Es ist acht Jahre her, dass ich begonnen habe, so häufig zwischen Kalifornien und Kumamoto hin und her zu reisen. Am Anfang alle zwei Monate. Allmählich konnte ich meinen Vater nicht mehr allein lassen, so wurden es alle anderthalb Monate, dann jeden Monat. In den letzten Monaten war ich total erschöpft. Ich musste mich aufrappeln und antreiben, um in das Flugzeug zu kommen. Ich stieg aus dem Flugzeug, erreichte das Haus meines Vaters und stand ihm gegenüber, ein über alle Maßen mürrischer, sterbender Mann, der nicht sterben konnte. Jeder Tag dicht gedrängt. Wie lang das noch gehen wird, dachte ich, aber unversehens war es dann so weit.

Nachdem Take am Morgen endlich ihre Chance bei Louis bekommen hatte, verschlief sie den Rest des Tages. Abends ging sie raus auf die Terrasse und sah aus, als wollte sie koten. Sie setzte sich hin und presste etwas, aber es kam nichts, und dann sah es aus, als ob sie sich erbrechen müsste. Aber es kam wieder nichts. Dann wanderte sie wieder auf der Terrasse herum und ging hinter das Haus. Dort stehen einige Kakteen.

Falls sie hier umkippte, wäre sie arm dran. Ich folgte ihr, aber sie stand nur geistesabwesend da, bewegte sich ein wenig, stand wieder still und tat nichts. Zurück im Haus, ging sie wieder raus und wieder ums Haus herum. Aber sie kackte und kotzte nicht.

Später wollte ich noch einmal mit ihr rausgehen, aber sie war zu wacklig und ihr Fell allzu struppig, also gab ich den Spaziergang auf und stellte ihr nur etwas Milch hin. Sie schlappte nur einen Schluck und ließ den Rest stehen. Auch ihr Abendessen rührte sie nicht an. »So war das auch, als sie den Schlaganfall hatte«, sagte Tome. »Sie hat nichts gefressen, aber als du, Mutter, dann zurückkamst, hat sie sich erholt und wieder mit dem Fressen angefangen.«

Es war etwa zehn Uhr abends. Ich saß in meinem Arbeitszimmer und spielte ein Computerspiel. Man hat einen Haufen Mahjong-Steine und muss jeweils zwei identische finden und sie beiseitelegen, bis der Haufen verschwunden ist, ein ziemlich schlichtes Spiel. Ich weiß. Ich neige dazu, süchtig zu werden. Im Laufe der Jahre habe ich alle möglichen Süchte entwickelt, und manchmal hat es mich fast ruiniert. So war es auch diesmal: Eigentlich ein langweiliges Spiel, zu nichts nütze, aber unter irgendeinem Vorwand setze ich mich kurz dran, und flugs sind Stunden vergangen. Es ist weder interessant noch sonst etwas, sondern einfach eine Sucht, nur dass es nicht wie Alkohol oder Drogen Geld kostet, aber es würde mich ruinieren, wenn ich nichts dagegen täte, mit meiner Arbeit geriete ich immer mehr in Rückstand, und dennoch tat ich es wieder, tat es immer noch, ich war wohl schon auf einem absteigenden Ast, fürchtete ich.

Während ich also spielte, brummte Take neben mir.

Es war ein wenig anders als ihr übliches gedämpftes Gemurmel. Mein Mann, der auf dem Weg ins Schlafzimmer an meinem Zimmer vorbeikam, sagte: »Hat der Hund nicht Schmerzen, ist es nicht an der Zeit, ihn einzuschläfern?« Ich hörte mit dem Spiel auf und legte mich neben Take. Sie sah mich an, ohne ihren Kopf zu heben. Ich streichelte sie eine Weile. Während ich sie streichelte, hörte das gequälte Brummen auf. Als ich merkte, dass sie sich das gewünscht hatte, ärgerte ich mich über mich selbst, weil ich so in das Spiel vertieft gewesen war.

Ich streichelte sie weiter. Zusehends schien aus Takes Körper ihr Lebenswille zu weichen. Ich dachte daran, was mein Mann gesagt hatte. Vielleicht hatte er recht. Also tippte ich auf meinem Handy eine SMS an Sarako. »Take quält sich. Einschläfern?«

Sarako kam sogleich nach Hause. Auch Tome kam die Treppe herunter. Wir setzten uns in mein Zimmer, streichelten und kraulten Take und redeten miteinander.

Tome weinte: »Ich will nicht, dass sie eingeschläfert wird.«

»Aber Mutter ist weg, ich muss arbeiten und du musst zur Schule, das geht doch nicht«, sagte Sarako.

»Mutter will sicher nicht, dass Take stirbt, wenn sie nicht da ist«, fuhr sie fort. In zwei Tagen hatte ich einen beruflichen Auswärtstermin.

»Aber wäre das denn richtig, jetzt so zu entscheiden, bloß damit es in meine Reisepläne passt?«, fragte ich, und beide schüttelten den Kopf.

»Aber wir haben das doch schon einmal so gemacht«, insistierte Tome.

»Damals waren Sommerferien, deshalb konntest du dich kümmern. Jetzt hast du Schule, jetzt geht's nicht. Lasst uns doch bis morgen früh warten, wie es dann aussieht. Wenn wir dann meinen, es geht nicht mehr, rufen wir den Tierarzt an.«

»Aber Take kann doch gar nicht ins Auto einsteigen«, sagte Tome.

»Dann komme ich halt und nehme Take auf meinen Arm und setze mich mit ihr ins Auto«, sagte Sarako.

»Wir bitten jedenfalls Dr. S. Nicht irgendeinen Tierarzt, den wir nicht kennen.«

»Aber ich will nicht, dass sie eingeschläfert wird, sie soll nicht weggebracht werden, dann wär's doch viel besser, sie würde heute Nacht noch sterben, ohne sich zu quälen«, weinte Sarako.

Take wurde ruhiger, während die Mädchen sie streichelten und ihr Zuwendung und Liebe schenkten. Sie wurde sogar etwas wacher. Als Louis ins Zimmer schaute, hob sie den Kopf und schnitt ihre böse Fratze.

»Es sieht doch ganz gut aus. Es geht ihr wieder besser«, sagte Tome. Ich ging ins Wohnzimmer, fand Takes Urinpfütze und wischte sie auf, ganz wie immer. Als ich in mein Zimmer zurückkehrte, zeigte mir Sarako eine Tüte mit Kot: »Das hat sie jetzt gemacht, ziemlich hart, das musste sie rauspressen.« »Ja, das war's wohl, was sie die ganze Zeit versucht hatte«, waren wir uns einig.

Morgen früh würde sie vor der Arbeit vorbeikommen, sagte Sarako und kehrte in ihre Wohnung heim. Tome zog sich in ihr Zimmer zurück. Ich setzte mich an meine E-Mails. Eine musste ich unbedingt beantworten. Es dauerte nicht länger als zehn Minuten. Vielleicht waren es auch nur fünf. Ich schrieb sie, schickte sie ab und schaute auf Take zu meinen Füßen. Take war tot.

Während ich schrieb, hörte ich sie atmen. Wenn sich etwas tun würde, könnte ich das auf jeden Fall hören, dachte ich. Ziemlich tiefer Atem, dachte ich, während ich schrieb, nicht das angestrengte Atmen von vorhin, bevor die Töchter sie streichelten, dachte ich noch. Dann verlor ich mich für einen Moment im Schreiben. Nur zwei, drei Minuten. Als ich auf »Senden« klickte, kam ich wieder zu mir. Jetzt hörte ich Takes Atem nicht mehr. Deshalb schaute ich nach ihr.

Ich wusste es sofort. Sie war gegangen.

Take schien zu schlafen. Nur ihre ausgestreckten Beine sahen unnatürlich aus. Ich sah auf ihren Bauch.

Das mache ich immer. Aber dieses Mal bewegte sie sich nicht. Ich fasste sie an. Wenn ich sie berühre, schaut sie überrascht hoch. Doch diesmal rührte sich nichts.

Ich ging in Tomes Zimmer. Der Raum war stockdunkel. Ich rüttelte Tome aus dem Schlaf und sagte ihr: »Take ist gestorben.« Mein Mann lag im Bett und las ein Buch. Auch ihm sagte ich, Take ist tot. Dann schickte ich eine SMS an Sarako: »Take, tot.«

Sarako kam eilig wieder zurück. Sie war anscheinend gerade erst bei sich zu Hause angekommen. Die Mädchen nahmen Take abwechselnd in den Arm und weinten. Tome holte etwas Weihrauch aus ihrem Zimmer und zündete ihn vorsichtig an. Sarako stellte einen Topf mit Orchideen neben Take. Heute würde sie zu Hause schlafen, sagte sie, und so gingen die Mädchen in ihre Zimmer und legten sich schlafen. Als im Haus Ruhe eingekehrt war, blieb ich noch eine Weile im Zimmer, in dem Take lag, und schrieb ein paar E-Mails. Aber Take war nicht mehr da.

Am nächsten Morgen kümmerte sich Sarako um die Einäscherung. Ganz in der Nähe gab es eine Firma namens »Ewige Freunde Feuerbestattung für Haustiere«. Take war mit Sarakos Laken bedeckt. Nico kam mehrmals herein und beschnupperte sie ausgiebig. Takes Augen waren geschlossen. Ihr Maul stand offen, und ihre Zunge hing heraus. Ihr Bauch war prall. Aber alles sonst war wie Take. Nur dass Take nicht mehr da war.

Nachdem Sarako und Tome gegangen waren, kam jemand von den »Ewigen Freunden«. Ich rief meinen Mann: »Take geht jetzt.« Mein sonst so behäbiger Mann kam sofort aus seinem Arbeitszimmer.

Der Mitarbeiter von »Ewige Freunde« und ich trugen sie auf einer Art Bahre hinaus. Sie hatte in ihrem hohen Alter stark abgenommen, wog aber bestimmt noch 30 Kilo. Als sie jung und fit war, wog sie fast 40 Kilo. Sie war in das Laken eingewickelt, aber ihre Pfoten ragten etwas heraus. Immer wenn ich beim Hantieren mit der schweren Bahre nachlässig wurde und hier und da aneckte, zitterten ihre Pfoten leise. Wir hoben sie ins Auto, ich fixierte das Laken wieder und streichelte sie. Es war immer noch Take, aber Take war nicht mehr da.

Es ist vorbei, dachte ich. Als mein Vater und meine Mutter starben, wurde ihr Tod mit Schminke und Ritualen verziert, versteckt und unsichtbar gemacht. Aber in Takes Fellgesicht und ihren Pfoten war der Tod ganz und gar präsent. Die sterblichen Überreste, heißt es oft, und ja, was hier noch da ist, ist eine leere Hülle. Eben war Take noch da, jetzt ist sie fort. Und jetzt frage ich mich, was es war, das dort war. Seither habe ich kein einziges Spiel mehr gespielt.

Louis' Hundeherz

Ich hatte einen Traum.

Ich habe ein weiteres Kind bekommen, es heißt John. Es kam durch künstliche Befruchtung zustande, sein biologischer Vater ist Mann A. Mann B ist derjenige, den ich als Babysitter beschäftige. Beide Männer waren jung, dunkelhaarig, hellhäutig und hatten hübsche Gesichter. Sie sahen sich irgendwie sehr ähnlich. Ich hatte Sex mit B, aber nicht mit A. Und sie haben mich beide umworben. Umworben zu werden, fand ich lästig, aber auch nicht unangenehm. Ich war faul und versuchte beiden gegenüber, mich von der besten Seite zu zeigen, und überlegte, was ich jetzt tun sollte, welchen ich wählen sollte oder auch nicht.

Nach dem Aufwachen fragte ich mich, was denn dieser Traum bedeuten könnte. Im wirklichen Leben hatte ich noch nie eine solch glückliche Konstellation erlebt. Lust wäre wohl zu viel gesagt. Zunächst einmal waren beide Männer charmant und gutaussehend, aber nicht nach meinem Geschmack. Ich bevorzuge intelligente, dicke, glatzköpfige, ältere Männer und bin nicht an jungen Kerlen interessiert, die nur hübsch sind. Doch als ich von meinem Morgenspaziergang zurückkam und mich an den PC setzte, wurde mir plötzlich klar: Diese beiden sind Nico und Louis.

Ich bewege mich. Nico und Louis stehen auf und schauen mich an. Ich bewege mich. Nico und Louis folgen mir. Wenn ich ins Auto steige, reißen sich Nico und Louis um den Platz neben mir.

Am Esstisch, kaum dass ich mit dem Essen fertig bin, kratzt mich eine kleine Pfote am Bein. Das ist Nico. Er möchte sich neben mich setzen. Ich tippe auf mein Knie, dann springt er flink auf meinen Schoß.

Sein Platz ist links von mir auf meinem Stuhl. Dort sitzt er und lässt sich von mir am ganzen Körper streicheln (er ist so glücklich, dass er sich auf den Rücken dreht), ich stecke meine Hand in sein Maul (dann beißt er ganz leicht zu und besabbert Frauchens Hand, ein Spiel, das wir, seit er Welpe ist, spielen), ich packe ihn am Kinn und schüttele es hin und her (angreifen macht Spaß, aber verlieren erst recht, jauchzt er dann), und er ist so begeistert, dass er nicht weiß, wohin mit sich, und sein warmes Köpfchen fest an meinen Körper presst und die Augen schließt, als wolle er sagen: »Ich lasse mich so weit fallen, wie ich kann.«

Bevor Nico mich kratzend bittet, kommt oft schon Louis zu mir. Er steht vor mir, sieht mich an und wedelt mit dem Schwanz, als wolle er mir etwas sagen, bis ich ihn bemerke. Er fordert mich auf, ihn neben mich zu setzen. Sobald ich meine Hand ausstrecke, setzt er seine Vorderpfötchen darauf und stützt sich ab, damit ich ihn hochnehme. Egal wie sehr ich ihn ermutige, er will nicht von selbst auf den Stuhl springen. Es ist nicht so, dass er es nicht könnte, er will es nur nicht. Viel einfacher wäre es ja, wenn er's täte, aber er will nicht, also habe ich keine andere Wahl.

Wenn ich Louis hochnehme und ihn auf den Stuhl neben mich setze, schaut Nico aus einigem Abstand zu. Dann seufzt er, senkt den Kopf, zieht den Schwanz ein und trollt sich wie I-Aah aus Winnie-the-Pooh, erbärmlich und unwillig. Er geht zurück in mein Zimmer und rollt sich auf seinem Kissen ein in dem leeren, unbeleuchteten Raum, in dem nur der PC steht. Schmollt er? Oder denkt er einfach gar nichts? Kann ein Hund schmollen? Oder sieht es für Menschen nur so aus, weil Menschen das können? Auch im Wohnzimmer gibt es Schlafstellen und Kissen nur für Nico. Er könnte sich ja auch dort einrollen. Es ist doch viel heller, wärmer und näher dran. An dem, was Nico so wichtig ist, dem Rudel, der Familie.

Die Beobachtung zeigt, dass er sich »manchmal« (d. h. nicht immer), wenn etwas gegen seinen Willen passiert, spontan wegbewegt, mit einem »Warten, bis der Sturm vorbei ist«-Blick. Aber was ist dann der Sturm? Was für ein Sturm braut sich in Nicos Kopf zusammen? Oh, es gibt so viel in seinem Herzen, das ich nicht weiß. Aber sobald ich zu ihm gehe und ihm einen Ball zeige, folgt er mir sofort voller Freude. Ich weiß das. Schließlich ist er Nico.

Aus verschiedenen Gründen hatte ich nur Nico mit nach Arizona genommen. Nachdem wir von dort zurückkehrten, änderte sich sein Verhalten. Sein Selbstbewusstsein schien gewachsen, denn schließlich war er der Einzige, der eine Sonderbehandlung erhielt, der Einzige, der verwöhnt wurde. Nico ist auch der

Einzige, der in unserem Bett schläft. Nico folgt mir auf dem Fuß und klettert auf das Bett. Louis würde mir natürlich genauso auf dem Fuß folgen und ohne zu zögern hochklettern, aber für ihn ist das Bett zu hoch, und wenn er sich auf die Zehenspitzen stellt und an der Bettkante kratzt, dreht sich Nico auf dem Bett zu ihm um, knurrt ihn an und schubst ihn weg.

Es ist nicht nur das Bett, es ist der Schoß meines Mannes, der Beifahrersitz in meinem Auto, alles steht in Wirklichkeit nur ihm zu. Solcherlei Behauptungen stellte Nico nun gegenüber Louis auf.

Es war eigentlich immer Nico, der nicht bei Louis sitzen will, ihn anknurrt und anbellt, nie umgekehrt. Louis denkt nicht. Er läuft herum, schnüffelt, lässt sich hochnehmen (was zu den instinktiven Wünschen eines Papillons gehört), frisst, schläft und wacht auf, ohne zu denken.

Diese Blindheit gegenüber anderen ist das Ergebnis seines achtjährigen Zusammenlebens mit meinem Vater. In ihrem gemeinsamen Leben muss es eine Kommunikation nur zwischen den beiden gegeben haben. Mein Vater hielt ihn, streichelte ihn, aß mit ihm und schlief neben ihm. Aber wenn ich mir Louis' Verhalten ansehe, scheint mir, dass sein Hundeherz, anders als bei Take und Nico, recht schwach ausgeprägt ist.

Zwar bin ich in seinem Blickfeld anwesend, aber aufgrund seines schwachen Hundeherzens kann er den Abstand zwischen mir und sich nicht begreifen.

Noch nicht einmal den zu anderen Hunden. Alles ist auf ihn zentriert, aber es ist vage, wie ein Dunst. Jegliche Kommunikation mit anderen ist einfach weggeflutscht. Es ist, als ob er irgendwo irgendwann ein schweres Trauma erlitten hätte.

Nico hingegen, dem nichts fehlt und der als Hund richtig kommuniziert und dies auch weiterhin tun möchte, ist verwirrt, genervt, knurrt und bellt angesichts von Louis' Verhalten. Er ist wie ein Mensch mit guten Manieren, der das schlechte Betragen einer rüpelhaften Person rügt. Wegen des falschen Gebrauchs von Höflichkeitssprache, zu Outfit oder Körperhaltung, der Art, Jahresendgeschenke zu machen, zu diesem und jenem nach einer Trauerfeier, dem Stil von Dankesbriefen und anderem mehr bin ich auch ziemlich gerügt worden, von allerlei Leuten. Manieren sind nicht etwas, das einem selber und anderen Fesseln anlegen sollte, also lass es doch sein, möchte ich Nico gern sagen.

Schaut her, Takes Gebeine!

Eines Tages bekam ich einen Anruf von der Firma »Ewige Freunde«, der besagte: »Wir haben ein paar Sachen von Ihrem Hund Take, bitte kommen Sie und holen Sie sie ab.« Zuerst verstand ich nicht, was das sein sollte. Ich fragte zurück, kapierte aber immer noch nicht. Ich verstand etwas wie »Ahhn«. Aber auch wenn ich das Wort nicht kannte, begriff ich, was sie sagen wollten. Ich schaute im Wörterbuch nach und fand das Wort »Urne«. Also ging ich los, um sie zu holen.

Der Ort lag am Stadtrand, unser Viertel ist auch Vorort, aber es war noch ausgefranstere Vorstadt, eine trostlose Gegend.

Darüber verlief der Highway, auf dem ich gekommen war, drüben ein weiterer Highway, und überall leere Grundstücke. Kolonien von Wohnwagenbehausungen und improvisierte Baubüros. In Japan wäre dies der typische Grenzbereich, wo man Krematorien, Natursteinhandel oder einen Tierfriedhof erwartet. In einem dieser Büros befand sich die Firma »Ewige Freunde«.

Fast wäre ich aus Versehen durch die Hintertür eingetreten. Es gab weder eine Tür noch eine Wand, nur eine Stellwand als Sichtschutz, und dahinter befand sich ein großer Ofen in vollem Betrieb. Er war wesentlich größer als die professionellen Backöfen in Bäckereien. Um ihn herum arbeiteten mexikanische Männer.

Take wurde individuell eingeäschert. Die Tarife variieren leicht für die Beerdigung von einem, zwei oder drei Tieren oder für Gruppeneinäscherungen. Auf der Website der Firma gibt es einen Abschnitt mit häufig gestellten Fragen (FAQ), eine davon lautet: »Wie kann ich sicher sein, dass dies die Knochen meines Hundes sind?« Ich habe die Antwort nicht gelesen. Ich kann es ja sowieso nur glauben. Und weil alle in der Familie der Meinung waren, dass Take, die andere Hunde so sehr hasste, allein begraben werden musste. Aber als ich diesen Blick durch den Hintereingang warf, verstand ich die Situation. Vor dem großen Ofen waren Menschen, die mit gesenktem Kopf fieberhaft arbeiteten. Ich konnte nicht sehen, womit sie hantierten, aber es müssen Hundekadaver und Hundeknochen gewesen sein. Vor einigen Tagen muss Takes Kadaver dort abgelegt und von den Händen dieser Männer in den Ofen verfrachtet und verbrannt worden sein. Ich konnte darauf vertrauen, dass die Firma ein ehrliches Geschäft mit geringem Gewinn betrieb.

Als ich durch den regulären Eingang eintrat, fand ich nur ein trostloses Büro vor, leer und still. So sehen die Büros japanischer Bestattungsunternehmen auch aus, ich habe ja erst neulich eines gesehen, das war genauso, überlegte ich; auf mein Rufen kam von drinnen ein dicker, schüchtern wirkender junger Mann. Ich zögerte einen Moment lang, wie ich mich vorstellen sollte, aber dann fiel mir ein: es gab ja nur eine Möglichkeit. In den letzten vierzehn Jahren hieß es bei Tierärzten und beim Hundetraining immer nur:

»I am Take's Mom« – »Ich bin Takes Frauchen«.

»Ich bin Kanokos Mutter.«

»Ich bin die Mutter von Sarako.«

In Japan stellte ich mich schon seit zwölf Jahren so vor. Nur in den ersten Monaten fühlte ich mich mit »Mutter« unwohl. Aber ich gewöhnte mich schnell daran. Ich war immer »Kanoko-chans Mutter«. Dann war ich auch noch »Sarako-chans Mutter«. Das war gang und gäbe. Im Japanischen kommen ja die Höflichkeitsformen hinzu. Ich selber nannte mich »*haha*« – »Mutter«. In der Anrede durch andere werde ich dann »*o-kāsan*«.

Nachdem ich hierher übergesiedelt war, wurde aus »Mutter« »Mom«. Das war nur am Anfang unangenehm. Ich habe mich bald daran gewöhnt. Schließlich ließ sich das Wort durch nichts anderes ersetzen. Als ich meinen Ex-Mann verließ und mit meinen Kindern im Schlepptau nach Kalifornien zog, hatten sie eine Menge Schwierigkeiten, und niemand anderes als ich hätte sich darum kümmern können. Die Mädchen verursachten alle möglichen Probleme. Also begab ich mich an verschiedenste Orte und stellte mich als ihre »Mom« vor.

Dann kam Take, und ich wurde »Take's Mom« genannt. Das war mir nicht nur unangenehm, sondern ich war regelrecht schockiert. Ich konnte mich schließlich nicht daran erinnern, einen Hund geboren zu haben. Aber schnell hatte ich mich daran gewöhnt. Wenn ich nicht die Aufgabe übernahm, mich um Takes Leben zu kümmern, würde es kein anderer tun. Sich um das Leben eines anderen in seiner Gesamtheit zu kümmern: Vielleicht ist das die Definition einer Mutter. Folglich habe ich mich beim Tierarzt, beim Hundetraining, im Hundehotel beim Hinbringen und Abholen tatsächlich schon oft so vorgestellt:

»I am Take's Mom« – »Ich bin Takes Frauchen.«

Und an diesem Tag akzeptierte ich voll und ganz die Tatsache, dass Take nicht mehr am Leben ist.

Irgendwann werde ich wieder hierherkommen. Und mich vorstellen: »Ich bin Nicos Mom«, »Ich bin Louis' Mom«. Das steht fest. Ich bin dazu bereit. Aber in anderen Fällen will ich es nicht auf mich nehmen. Es auch nur auszusprechen, ist furchtbar. Wenn ich sagen müsste: »Ich bin die Mom von Kanoko«, »Ich bin die Mom von Sarako« oder »Ich bin die Mom von Tome«.

Augenblicklich muss ich mir erst einmal keine Sorgen machen. Alle drei sind voller Lebenskraft. Weit davon entfernt, so auszusehen wie Take (ich sah sie vor mir mit den von sich gestreckten Vorderpfoten). Aber bis sie das wurden, was sie jetzt sind, verlor ich die eine aus den Augen, die andere wurde ins Krankenhaus eingeliefert, weil sie so abgemagert war. Das haben wir überstanden (ich erinnerte mich an all die Sorgen, die ich damals hatte). Mein brennender Wunsch ist es, mich niemals so vorstellen zu müssen.

Der dicke, schüchtern wirkende Mann wandte sich schnell um, holte eine der Papiertüten aus dem Regal und reichte sie mir. Aus dem Umschlag ragte ein dekoratives dünnes Papier heraus. Ein dünnes Papier mit Hundepfotenabdruck. Das Ganze sah aus wie ein teures Geschenk. Das überreichte er mir.

Als ich es in die Hand nahm, verzog sich mein Gesicht und Tränen flossen. Ich hatte nicht vor, in der Öffentlichkeit zu weinen. Für den schüchternen Mann war es das Normalste von der Welt. Er warf mir einen mitfühlenden Blick zu, aber mir war klar, dass das zu seinem Geschäft gehörte. Normalerweise finde ich diese mitfühlenden Blicke der Amerikaner hilfreich. Aber an diesem Tag fand ich ihn nichts als heuchlerisch. Die Amerikaner sind allzu geschickt mit solchem Mienenspiel. Manchmal will man ja gar kein Mitgefühl. Ich verließ den Ort mit einem verkniffenen Gesicht, Tränenspuren und einem nur verbalen Dankeschön.

Die Urne war ganz anders als die japanischen Urnen meines Vaters und meiner Mutter. Sie war nicht aus Keramik, sondern eine schwere Holzkiste, darin ein Plastikbeutel mit der Asche.

Schaut her, das sind Takes Gebeine.

Einige Tassen voll mögen es gewesen sein, keinesfalls aber dürfte das der ganze Körper gewesen sein. Schaut her, das sind Takes Gebeine, eine feine, silbrigweiße Asche.

Dem war ein Text mit dem Titel »Regenbogenbrücke« beigegeben. »Wenn dein Hund stirbt, schickt dir jemand diesen Text, und du liest ihn und denkst: ›Oh nein, nicht schon wieder‹, aber wenn du ihn liest, fängst du an zu weinen, und du fragst dich, warum du über so etwas weinen solltest«, sagte eine Freundin mit Hund. Diesen anonymen Text fand ich im Internet und habe ihn versuchsweise übersetzt. Und ihn dann in ein Bilderbuch mit dem Titel »Heute« aufgenommen und bei Fukuinkan Shoten veröffentlicht. Damals übersetzte ich das in Gedichtform, aber wenn ich es so betrachte, wird mir klar, dass der Originaltext in Prosa verfasst war. Ich hatte es vergessen, das mit der Prosa. Es las sich in etwa so:

»Diesseits des Himmels gibt es einen Ort namens Regenbogenbrücke.

Wenn ein Hund stirbt, geht er zum Fuß der Regenbogenbrücke. Dort gibt es grüne Wiesen und sanfte Hügel für unsere geliebten Hunde, damit sie zusammen rennen und spielen können. Es gibt reichlich Futter, Wasser und Sonnenschein. Die Hunde, die alt und krank waren, sind wieder gesund und munter. Diejenigen, die verletzt oder verstümmelt waren, sind wieder gesund und stark, so wie wir sie in unseren Träumen aus vergangenen Tagen und Zeiten in Erinnerung haben. Die Tiere leben glücklich und zufrieden, bis auf eins: Sie alle vermissen jemanden, der ihnen besonders am Herzen liegt und den sie zurücklassen mussten.

Sie rennen und spielen alle zusammen, aber eines Tages bleibt ein Hund plötzlich stehen und schaut in die Ferne. Seine scharfen Augen haben etwas erfasst. Sein Körper zittert vor Freude. Er löst sich aus dem Rudel, fliegt über das grüne Gras, seine Beine tragen ihn schneller und schneller. — Da, da ist sie, die geliebte Person!

Du bist wieder mit deinem Hund vereint. Ihr haltet euch in Wiedersehensfreude fest umklammert, werdet euch nie mehr trennen. Der Hund überschüttet dich mit Küssen, du streichelst seinen Kopf und schaust ihm in die Augen. Die Augen, die dir blind vertraut hatten. So lange wart ihr getrennt, doch nie habt ihr einander vergessen. Und nun gehst du mit dem geliebten Tier gemeinsam über die Regenbogenbrücke.«

Sarako hält den Beutel mit der Asche an ihre Brust und schließt die Augen wie bei einem Ritual.

So möchte ich werden

Als ich aus Japan zurückkam, wurde ich von zwei Hunden begrüßt, die zu mir aufsahen, mit dem Schwanz wedelten und mit überströmender Emotion zu sagen schienen – und mehr als das können sie gar nicht sagen: »Das ist Frauchen«, »Das ist Frauchen«, »Das ist Frauchen«, »Das ist Frauchen«. Auch ich war etwas erregt, ich streckte ihnen Hundekekse hin, die sie beide mit ihren kleinen feuchten Schnauzen freudig annahmen.

Von Ende Januar bis Mitte Februar war ich fort gewesen. Vor meiner Abreise war in Kalifornien, Kumamoto und Tokyo noch Winter. Doch bei meiner Rückkehr blühten die Akazien am Straßenrand, die Aprikosen- und Pflaumenbäume in den Gärten der Leute standen in voller Blüte, und vor allem hörte ich ständig Vögel unter den Bäumen in unserem Vorgarten singen.

Es war kurz vor dem Valentinstag. Mir fiel ein, dass es hieß, um diese Zeit würden die Vögel mit ihren Liebesliedern beginnen, aha, jetzt also beginnt die Paarungszeit, dachte ich. Aber bei genauem Hinhören fand ich die Stimmen überhaupt nicht homogen. Da zwitscherte und zwatscherte es, es piepte, tschickte, switschte, machte chi-chi-chi-chi und hiiyo, hiiyo, alles durcheinander. Und das von einer einzigen Stelle aus, in ein und derselben Stimmlage. Das kann doch nicht sein, dachte ich, und spähte in die Bäume. Da entdeckte ich einen einzelnen Vogel. Ganz unauffällig, hellbraun, ein Weibchen, lag mir auf der Zunge, aber es war ein männlicher Vogel.

Und da erinnerte ich mich. Es war schon lange her. Mitten in der Nacht, als ich einschlafen wollte, begann ein Vogel in dem Baum direkt vor meinem Schlafzimmer zu singen. Ich freute mich an dem prachtvollen Gesang, aber die Weise war irgendwie anders als sonst bei den Vögeln, ohne richtigen Zusammenhang. Es hörte sich an, als würde er betrunken rumgrölen. Und es hörte einfach nicht auf. Das ging Nacht für Nacht so weiter. Da erfuhr ich von meinem Partner, es sei ein Mockingbird, eine Spottdrossel, die die Rufe verschiedener Vögel imitiert. Tatsächlich, ich recherchierte und fand heraus, dass dieser unauffällige Vogel eine Spottdrossel war. Auf Japanisch nennt man sie *maneshi-tsugumi*. Nun sah ich sie zum ersten Mal.

In Kumamoto hatte ich den Haushalt meines Vaters aufgelöst. Das Haus, in dem Louis elf Jahre lang gelebt hatte. Ich glaube nicht, dass ich jemals wieder den Park besuchen werde, wo ich elf Jahre lang immer mit Louis spazieren ging, wenn ich dort war. Eine Entrümpelungsfirma kam und räumte alles aus. Nun war das Haus vollkommen leer und verlassen. Unmittelbar nach dem Tod meines Vaters war sein Leben noch spürbar. Überall lagen Sachen herum. Aber als ich dann diese Leere sah, war mir, als wäre ich mit dem Wesen des Todes konfrontiert worden. Es ist vorbei. So kann alles verschwinden.

Dann kamen die Renovierer und beseitigten oder verbargen alle möglichen Schäden. Der Boden im Wohnzimmer, durch Louis' Pinkeleien lädiert, wurde ersetzt. Dann kam der Immobilienmakler und nahm eine Schätzung vor. Mit dem Prozedere wurde ein Verwaltungsschreiber beauftragt. Allerlei lästige Dinge wie diese kosteten Zeit und Nerven.

Ich traf mich auch mit den Pflegehilfen. Jede von ihnen fragte mich, wie es denn Louis gehe. Gut, sagte ich, und dass er Englisch gelernt hätte.

Das Englisch, das Louis gelernt hat, lautet: »Louis, come!«

Da er auf »Come!« immer einen Hundekeks bekam, lernte er schnell. Er ist ja schlau. Aber er kam nur, wenn wir spazieren gingen, er kam nicht, wenn ich ihn im Haus rief. Schlau ist er zwar, doch hier ging's ihm um anderes. Mir blieb nichts übrig, als ihn hochzunehmen, wenn ich ihn rief.

Louis hat ein großes Gesicht, Kulleraugen und darüber langes Fell wie Augenbrauen. Verglichen mit dem zierlichen Nico wirkt er schwerer und menschenähnlicher. Er ähnelt meinem Vater in vielem, mit seinem großen Gesicht und anscheinend allen möglichen menschlichen Zügen, seinen Sorgen und seinem Karma, doch wenn ich ihn frage, ob Opas Geist in ihn gefahren ist, antwortet er nicht.

Louis geht es gut. Er ist viel gesünder als früher und seine Anfälle sind seltener geworden. Aber verglichen mit Take und Nico ist er als Hund viel zu unfähig. Er beherrscht weder »Komm!« noch »Bleib!« noch »Sitz!«. »Okay« versteht er auch nicht.

»Okay« ist für unsere Hunde das Kommando, dass sie wieder frei sind.

Ich benutzte es schon, seit Take ein Welpe war, und zwar das japanische Wort. Wir haben uns darauf verständigt, damit es in der englischsprachigen Umgebung keine Missverständnisse gibt. Wann immer die Kommandos »Sitz« oder »Bleib« aufgehoben werden, wenn sie fressen, rennen, rausgehen oder reinkommen dürfen, war »Okay« für Take und auch für Nico das Signal für Freiheit.

Ich halte das Auto an und öffne die Tür. Ich sage »Okay«. Und die Hunde springen heraus. Aber egal, wie oft ich jetzt »Okay, okay« sage, Louis macht keine Anstalten, er bleibt, wo er ist. Er bleibt, selbst wenn ich mit Nico im Haus verschwinde. Schließlich gebe ich auf, gehe zurück zum Auto, nehme Louis auf den Arm und bringe ihn ins Haus. Ich öffne die Tür zur Terrasse und sage »Okay«, aber Louis geht nicht nach draußen. Ich glaube, für Louis ist das japanische Wort für »Okay« genau das, nämlich »Okay«, also nichts, was man sonderlich schätzen muss.

Durch die Eingangstür aber geht Louis nach draußen, ganz ohne das Kommando »Okay«. Diese Angewohnheit auszubüxen hatte er auch im Haus meines Vaters. Seit er hier wohnt, habe ich schon häufig Anrufe von Fremden erhalten, die sagten, ich könnte

Louis bei ihnen abholen. Manchmal waren es Passanten, manchmal war es die benachbarte Kirche, manchmal das Büro der Junior High School. Louis hat am Halsband einen Anhänger für Streuner. Den hatten auch Take und Nico, aber Louis ist der Erste, bei dem er wirklich gebraucht wurde.

Viele Male habe ich Louis zurückgehalten, als er versuchte, durch die Tür zu schlüpfen. Ich streckte schnell meinen Fuß aus und trat ihn fast, um ihn aufzuhalten. Wenn ich zu grob wurde, knurrte Louis aus Protest. Der unbedingte Gehorsam, den Nico mir gegenüber hat oder auch Take ihr ganzes Leben lang, ist ihm fremd.

Louis gehorcht mir nicht. Nein, er versteht einfach nicht, dass es zum Leben gehört, einer Person zu gehorchen. Deshalb verliert er mich leicht aus den Augen, wenn er durch den Park streift. Er sucht dann zwar, aber lange nicht so verzweifelt wie Take oder Nico. Mit gesenkten Ohren, als ob er durch die Luft flöge, rennt Nico aus Leibeskräften auf mich zu. Aber Louis schaut sich nur um, und wenn er mich nicht finden kann, na ja. Dann schlägt er irgendeine Richtung ein. Also muss ich ihm schließlich hinterherlaufen.

Manchmal erinnere ich mich daran, wie ich mit Take Verstecken gespielt habe. Während sie durch anderes abgelenkt war, versteckte ich mich heimlich. Wir hatten das so oft gemacht, dass sie wusste, es ist nur ein Spiel, aber jedes Mal war sie ziemlich verunsichert. Ich werde diesen Blick nie vergessen. Take rannte ängstlich nach links und rechts, manchmal auch vorbei an dem Dickicht, hinter dem ich lauerte. Ich triumphierte im Stillen. Aber im nächsten Moment fand mich Take immer. Nie werde ich Takes lachendes Gesicht vergessen, wenn sie mich entdeckt hatte.

Es war, als im Haus meines Vaters noch alle Möbel standen, als das Bett und der Heiztisch mit der Steppdecke voller Hundehaare waren und das ganze Haus nach ihm und Louis roch.

Um neun Uhr morgens kam die Haushalts- und Pflegehilfe. Um diese Zeit war mein Vater aufgestanden, hatte sich gewaschen und wartete auf sie. Sie brachte die Zeitung und machte Frühstück für meinen Vater und Louis. Louis verschlang sein Frühstück in Windeseile und bellte meinen Vater, der nun Zeitung las und sein Frühstück einnahm, so lange an, bis der ihm sein Frühstück überließ. Nachdem die Helferin gegangen war, legten sie sich wieder zusammen ins Bett und schliefen bis zum Mittag. Mittags standen sie auf und teilten sich eine Schale Instant-Ramen. Louis setzte seine Pfoten auf das Knie meines Vaters und bellte so lange, wie es noch Nudeln gab. Dann starrte mein Vater auf den Fernseher. Gegen vier Uhr kam wieder die Pflegehilfe. Louis bellte und bellte, bis er etwas zu essen bekam. Wenn mein Vater anfing zu essen, nahm die Pflegerin Louis mit nach draußen und ging mit ihm eine Runde durch den Park. Nachdem er erfolgreich vom Tisch ferngehalten wurde, verputzte

Louis den Rest von Vaters Abendessen, kaum dass er von seinem Spaziergang wieder zurück war.

Louis' schlechtes Benehmen und sein Bellen waren für alle ein Ärgernis. Nur meinen Vater schien es nicht zu stören. Ich konnte nicht mit ihm telefonieren, wenn Louis bellte, weil es zu laut war. »Normalerweise ist er ruhig«, sagte mein Vater, aber es gab einfach zu viele Momente, in denen er es nicht war. Solange es noch etwas zu essen gab, bellte er bis zum letzten Bissen.

Abends ließ Vater die ganze Zeit den Fernseher an. Louis legte sich zu seinen Füßen, wechselte die Position und legte sich wieder hin, dann wurde ihm langweilig und er bellte meinen Vater an. »Schon gut, schon gut«, sagte mein Vater und knabberte Reiscracker mit ihm. Wenn das 20-Uhr-Drama zu Ende ging, bellte er meinen Vater wieder an. »Was, du bist schon müde?«, sagte er, und die beiden gingen zu Bett. Louis legte sich dicht an meinen Vater und rollte sich zusammen. Der löschte das Licht und versuchte lange einzuschlafen, bis ihn irgendwann der Schlaf einholte. Das war ihr Tagesablauf. Mein Vater erzählte mir oft: »Mitten in der Nacht drückt sich Louis an mich, er ist schwer und warm.«

In den acht Jahren, die sie zu zweit verbrachten, wurde Louis schwer fettleibig, entwickelte Hunde-Epilepsie, konnte seine Zunge nicht mehr einziehen, bekam gelegentlich Bauchspeicheldrüsenentzündung und Herzprobleme und hatte Wunden am ganzen

Körper. Er lebte an Opas Seite und beobachtete jeden seiner Schritte. Die Helferinnen mochte er sehr. Er fühlte sich auch zu mir und meiner Tochter, die wir von Zeit zu Zeit auftauchten, hingezogen, aber sein Leben als Hund war der reinste Wahnsinn.

So ist es auch jetzt noch. Er möchte auf dem Schoß sitzen. Dann ist er glücklich. Er ist sehr verschmust. Er ist richtig süß. Wenn ich von einer Reise zurückkomme, begrüßt er mich freudig. Er folgt mir. Aber er hat irgendwo unterwegs sein Hundeherz verloren. Er jagt keine Kaninchen und Eichhörnchen wie Nico. Er droht anderen Hunden nicht und will auch nicht mit ihnen spielen. Er kann schnüffeln und pinkeln, aber wenn ein lebendiger Hund auf ihn zukommt, schaut er ihn nicht einmal an.

Auch in Kalifornien ist strahlender Frühling. Louis rennt durch den weitläufigen Park. Wie Nico läuft er frei an der langen Flexi-Leine.

Wenn ich rufe: »Louis, komm«, kommt er. Er nimmt seinen Keks entgegen und rennt wieder los. Wenn er sich von mir entfernt, rufe ich ihn zurück. Er rennt absichtlich weiter weg, denn er weiß, dass er jedes Mal wieder einen Keks bekommt. Seinen runden Hintern und seinen wiegenden Körper beim Laufen sah ich nie, als er noch bei meinem Vater lebte. Damals war Louis immer im Haus, das Licht brannte ständig, und er dachte nur ans Essen. Sich draußen frei zu bewegen, war unvorstellbar. Er denkt auch jetzt immer noch ans Fressen, aber nun kann er frei laufen, während er an der langen Leine zieht. Er kann so viel schnüffeln, wie er will, und der Himmel ist blau.

Wenn Nico auf der Straße herumtrödelt, läuft Louis zu ihm zurück, schimpft mit ihm und treibt ihn an. Nur mit ihm, mit keinem anderen Hund sonst kommuniziert Louis auf diese Weise. Wenn Nico gescholten wird, vergisst er, dass er es war, der Louis im Haus derart angeknurrt hat, er ist einfach nur eingeschüchtert. Nie wird er seinerseits aggressiv. Oh, er hat einen guten Charakter. Keine Spur von Selbstbehauptung, er ist einfach friedlich und akzeptiert alles, wie es ist. Nico hat einen so guten Charakter, dass ich nicht umhinkomme, mir zu wünschen: So möchte ich werden.

Wann und wie hat das Zusammenleben mit Menschen das Hundeherz von Louis verformt? War Louis als Hund unglücklich? Manchmal kann ich nicht anders, als über sinnlose Dinge nachzudenken, doch Louis, wie ich ihn vor mir sehe, ist einfach Louis, unbekümmert, in jeder Hinsicht.

Nachwort

Take ist nun tot, und seither ist der Uringestank im ganzen Haus verschwunden. Auch der Hundegeruch in meinem Wagen hat sich vollständig verflüchtigt. Die Yogamatten wurden alle weggeworfen. Die stanken nämlich, egal, wie oft man sie schrubbte. Nur ein Bett von Take gibt es noch, die anderen wurden entsorgt. Es steht immer noch in meinem Arbeitszimmer. Es nimmt zwar Platz weg, aber ohne ihr Bett ist das Zimmer irgendwie leer und ungemütlich. Jetzt wird es von Louis genutzt, der darauf alle viere von sich streckt. Und der darauf wie ein Mensch schnarcht. Nico liegt friedlich weiter hinten im Zimmer zusammengerollt auf seinem Kissen.

Das Leben mit Hunden ist wirklich eintönig. Jahrelang dasselbe Fressen, dieselben Strecken ablaufen, dieselben Erwartungen, dieselben Sturheiten, dieselben Taktiken, immer und immer wieder. Schlafen und Wachen, die Tage sind gleichförmig, sie wiederholen sich. Schaut man genauer hin, dann ist es nicht anders als beim Menschen – der Tod meldet sich, es kündigt sich ein umgedrehtes Leben an. Besonders in diesen Tagen, besonders in den Tagen, die ich hier beschrieb. In Takes letzten Jahren, in jeder ihrer Regungen waren Leben und Tod gleichermaßen präsent. Auch jetzt, wo sie nicht mehr da ist und diese Gedanken in den Hintergrund rücken, wiederholen sich täglich die Mahlzeiten und Spaziergänge. Auch jetzt noch gibt es die feuchte Zunge, den wedelnden Schwanz und die Augenpaare, die zu mir aufsehen. Ihre Körper vertrauen sich mir an, in ihrem Gewicht und ihrer Wärme.

Meiner Leserschaft möchte ich noch Folgendes erklären: Als ich dies schrieb, pendelte ich zwischen Kumamoto und Kalifornien hin und her, um in Kumamoto für meinen Vater und zu Hause in Kalifornien für Take zu sorgen. Und währenddessen hatte ich meinen Vater, Take, die Pflanzen und auch meinen eigenen Körper im Blick und schrieb darüber an verschiedenen Stellen. Diese Beschäftigung hat mich am Leben gehalten. Wenn Sie also ab und zu das Gefühl haben: Das habe ich doch schon mal irgendwo gelesen, dann liegt es daran.

Tja, und jetzt werde ich schon eine ganze Weile lang von zwei Vierbeinern aufmerksam beobachtet. Sie können zwar nicht die Uhr lesen, aber die Zeit kennen Nico und Louis trotzdem sehr genau. Es wird Zeit für den Spaziergang. Als Nächstes wird Frauchen ihre Arme hochheben und sich strecken, sie wird aufstehen und in die Küche gehen und vom Regal die Hundeleinen greifen, Plastiktüten für die Scheiße in ihre Tasche stopfen, eine Handvoll Hundekekse einstecken und uns rufen. »Los geht's«, wird sie sagen, und dann sind wir zusammen weg.

Im Mai 2013, *Hiromi Itō*

Chronik eines angekündigten Abschieds

Menschen und Tiere bilden eine Familie in Hiromi Itōs erzählendem Essay. Sie alle sind unverwechselbare Persönlichkeiten, die drei Töchter der Ich-Erzählerin und ihr Ehemann, der »Hundehasser«, aber auch die Hunde, der Vogel und all die anderen Haustiere, die im Familienumkreis leben: Katzen, Schildkröte und andere, auch Wildtiere, die ihre Pfade mit den Menschen kreuzen. Was bedeuten Fürsorge, Verantwortung und Zuneigung zwischen Mensch und Tier? Wie weit reicht das gegenseitige Verstehen? Wo sind Grenzen, wo werden sie überschritten? Das sind Fragen, die in der Erzählung vom Zusammenleben auf zwei Kontinenten beständig verhandelt werden, am Familienwohnsitz in Südkalifornien und in Japan, wo der alte, kranke Vater der Ich-Erzählerin die Tage mit seinem Hund verbringt.

Der Hintergrund ist Leserinnen und Lesern von Itōs autobiografischem Romanpoem *Dornauszieher* bereits gut bekannt. Denn auch darin ging es um das Alltagsleben aus der Perspektive einer bekannten japanischen Schriftstellerin und Lyrikerin, die sich zwischen den Kontinenten und Kulturen hin und her bewegt, dem Zuhause der Familie mit Mann, Kindern und Tieren in der kleinen Stadt am Meer südlich von San Diego und ihrem Heimatland, mit den Fixpunkten Tokyo, wo sich ihr professionelles und öffentliches Leben abspielt, und Kumamoto im Süden des Landes, wo sie ihr Haus in der Nähe ihrer Eltern ansteuert. Denn als deren einziges Kind fühlt sie sich auch in besonderem Maße für ihr Wohlergehen verantwortlich. Jetzt aber hat sich die Geschichte weiterentwickelt: In dem 2007 erschienenen, mehrfach preisgekrönten Romanpoem, 2020 auf Deutsch veröffentlicht, kümmerte sich die Erzählerin noch um ihre Mutter im Krankenhaus und den vereinsamten Vater in seiner Wohnung. Jetzt, gut fünf Jahre später, ist die Mutter tot, aber den Vater quält immer noch eine abgrundtiefe Langeweile in seinem Reich, das er mit Louis, seinem Hündchen, teilt. Dies also die Konstellation im vorliegenden Buch, das die Familienereignisse über circa zwei Jahre, von 2011 bis 2013 beleuchtet.

In *Hundeherz* wird aber nicht einfach die Geschichte weitererzählt, sondern eine neue Perspektive bestimmt Ton und Thema. Es geht um den langsamen physischen Verfall des Familienhundes in Kalifornien, der Schäferhündin Take, parallel zum familiären Geschehen. Und um die Reaktionen aller Beteiligten auf diese Situation, die ihnen immer mehr abverlangt. Im Fokus steht das alternde Tier, das aufmerksam und einfühlsam begleitet wird. Die Erzählerin versucht aber nicht nur auszuloten, wie das früher so stolze, vitale Tier sein allmähliches Schwächerwerden und seine Gebrechlichkeit erlebt. Sondern sie beobachtet die subtilen Veränderungen im Familienrudel, den allmählichen Wandel der Einstellungen jedes einzelnen menschlichen und tierischen Mitglieds und die geheimen Machtverschiebungen im Haus. Kein Psychologisieren, keine Befindlichkeitsprosa ebnet uns Leserinnen und Lesern den Weg. Wir werden gleichsam an die Hand genommen und aufgefordert, uns selbst ein Bild zu machen in all den alltäglichen und immer extremer anmutenden Lebenslagen. Das Buch hat etwas von einem Selbstexperiment. Wie weit geht die Geduld bei den immer mühsameren Spaziergängen und weiteren Herausforderungen wie dem Schwinden von Seh- und Hörvermögen, Inkontinenz, Durchfall und anderen Kalamitäten?

In der Lektüre erleben wir hautnah mit, was es bedeutet, sich jeden Tag wieder neu auf diese Situationen einzulassen. Da ist viel Monotonie und Wiederholung, ein Tag scheint dem anderen zu gleichen. Oft sind es nur winzige Unterschiede, doch auf die kommt es anscheinend an, will man nicht Wesentlicheres übersehen. Wenn die Erzählerin etwa die Mühsal, Take zu einem Gang nach draußen zu verlocken, besonders detailliert schildert, lässt sie uns das mit dem verlangsamten Erzähltempo und den bereits bekannten Einzelheiten im Akt des Lesens nachvollziehen.

Charakteristisch ist aber auch ihr ständiger Seitenblick im Hin und Her zwischen Mensch und Hund

und ein unverwüstlicher Humor, auch in makabren Situationen. Der taumelnde, unwillige oder apathische Hund, der mit Hundekeksen gelockt wird, erinnert an den Vater, aber der, so heißt es einmal lakonisch, kann nicht einmal mehr mit Keksen aktiviert werden. Der Seitenblick schließt auch die eigene Person mit ein. Wenn die Erzählerin sich angesichts der jetzt so abgemagerten, altersschwachen Hündin an Takes frühere Gestalt als kräftige »Frau von Format im mittleren Alter mit dicker, praller Taille« erinnert, liegt sofort ein Vergleich bereit: Sie wundert sich, weshalb es ihr selber, nun in Takes damaligem Alter, nicht gelingen will, abzunehmen. Was gleich wieder eine Assoziation an ihre »dicke Tante« auslöst, die mit achtzig endlich die Vorwürfe der Verwandtschaft kontern konnte, sie habe wieder zugenommen. »Wenn man achtzig wird, nimmt jeder ab.«

> Damals dachte ich, bis achtzig will ich nicht warten, aber wenn ich mich jetzt an diese Worte erinnere und Takes Körper betrachte, wird mir klar, dass Take nun in der gleichen Situation ist wie meine Tante, die mit achtzig Jahren endlich abgenommen hatte.

Und so schweift der Blick zwischen Mensch und Hund hin und her, bis er wieder bei Take ankommt.

Perspektivenwechsel

Zu den literarischen Strategien der Autorin Hiromi Itō gehört ein verknappter, lakonischer Stil, der auch die Lyrikerin durchscheinen lässt. Ihre Leserschaft wird nicht selten herausgefordert, etwa durch die plötzlichen Perspektivenwechsel im Erzählen, die nicht etwa angekündigt werden, sondern uns unvermittelt beim Lesen treffen und eine Neuorientierung verlangen. Um diese Effekte auch im Deutschen zu erhalten, verzichtet daher auch die Übersetzung darauf, solche Sprünge abzufedern. Spätestens beim übernächsten Satz haben wir begriffen, dass hier eine imaginierte Innensicht aus Tierperspektive eingeschoben wird. Es braucht tatsächlich keinen Hinweis nach Art von »Take denkt womöglich« oder »aus Sicht von Pi-chan, dem Vogel —«, wenn wir genau hinsehen und hinhören. Solche Passagen werden in kindlich wirkender Sprache mit deutlich begrenztem Horizont und egozentrischem Fokus erzählt.

Besonders eindringlich ist der Einschub aus der Perspektive von Louis, dem Hund von Hiromis Vater, gestaltet, denn er lässt uns als Leser im Nachhinein erfassen, was wohl in ihm vorgegangen sein muss in einer zunächst sehr unscheinbaren, alltäglichen Episode. Da bellt der Hund, der nun, nach dem Tod des Großvaters, bei der Familie in Kalifornien lebt, einem alten Mann hinterher, der ins Auto steigt und wegfährt. Was gibt es daran denn Besonderes, das uns aufmerken ließe? Wie grandios die Erzählerin diese Episode im Unterkapitel »Der Großvater von Louis« gestaltet, an deren Ende sie selbst einen der seltenen preisgegebenen Momente emotionaler Rührung erlebt, nachdem sie verstanden hat, was Louis bewegte, wird einem womöglich erst beim nochmaligen Lesen bewusst.

Andererseits hat die Innensicht deutliche Grenzen. Keinesfalls ist das Innenleben der Tiere schwellenlos zugänglich, ja, mit Fortschreiten der Geschichte fragt sich die Erzählerin immer öfter, was sich überhaupt davon erfassen lässt und ob es sich nicht womöglich um menschliche Projektionen handelt. Haben sie tatsächlich Gefühle? Wir erleben beides: Das Sichhineindenken in die Tiere, ihnen werden Gefühle wie Triumph, Einsamkeit und Trauer unterstellt, Körpersprache und Gesichtsausdruck werden wie bei Menschen taxiert. Das setzt eine Nähe zum Tier voraus, die es auch erlaubt, bei jedem einzelnen von ihnen noch deutliche Charakterunterschiede und Gestimmtheiten auszumachen. Take, die Schäferhündin, wird sogar – mit beißender Ironie und Selbstironie – als sexistisch entlarvt. Was zugleich unabweisbare Konsequenzen hat für das Verständnis der Erzählerin in ihrer Rolle als Halterin eines Hundes gleichen Geschlechts.

Aber je mehr das Verständnis der Erzählerin für die Tiere – und auch unser Blick als Leser – sich im Laufe der Zeit auf Alltagsebene vertieft, desto häufiger gerät es an eine Grenze. Ich verstehe nicht, was das bedeutet, bedeutet es überhaupt etwas?, fragt sie sich dann und fügt an: Mein Vater meint, ja, aber ich glaube, da ist nichts dahinter. Gibt es Erinnerung und Emotion bei Tieren?

Manche Tiere bleiben fundamental fremd, trotz der gemeinsam entwickelten, erotisch angehauchten Spielchen. Denn der unheimliche Schuppensittich, der einerseits die Nähe sucht, aber jederzeit aus heiterem Himmel beißt und verletzt, lässt sich nicht ergründen. Einige sind lernfähiger als andere, und so beschließt die Erzählerin die Geschichte mit dem Wunsch, sich die Wesenszüge anzueignen, die sie am Ende bei Nico, dem lerneifrigen, aber etwas rechthaberischen, zum Schluss jedoch abgeklärten und ganz und gar friedlichen Familienhund entdeckt.

Das Menschliche im Hund, das Hündische im Menschen

Schon in der Sprache rücken Mensch und Tier bei Hiromi Itō zusammen. Im Japanischen übrigens noch deutlicher, als sich das im Deutschen zeigen lässt. Denn wenn etwa von »uns beiden«, gemeint sind Mensch und Hund, die Rede ist, so geht das im Japanischen nur über eine Gleichstellung auf Menschenebene. Und in den von der Erzählerin imaginierten Reaktionen spricht die Hündin in einer Ich-Form wie eine menschliche Frau im entsprechenden Alter. Oberflächlich gesehen, mögen die Tiere dadurch vermenschlicht erscheinen, aber darum geht es augenscheinlich nicht. Es ist vielmehr zuallererst ein Ausdruck von Achtung und Respekt vor dem Anderen, und das hat gerade im Falle des Japanischen, das soziale Beziehungen stark hierarchisch differenziert, einen besonderen Stellenwert. Zuallererst zeigt sich darin nämlich, dass Mensch und Tier einander auf Augenhöhe begegnen. Folglich gibt es auch Annäherungen in umgekehrter Richtung:

Die Familie wird als Rudel verstanden, die Erzählerin wird wie Take als »Alphatier« identifiziert, und die Hierarchien innerhalb und außerhalb der Familie gehorchen den gleichen Gesetzen wie in der Tierwelt, meistens jedenfalls. Die Stimmung der Hunde wird an ihrer Körpersprache und an ihrem sorgfältig beobachteten Gesichtsausdruck abgelesen – mit denselben Regungen wie im Menschenreich: Glück, Ungeduld, Ärger, Wut, Zuneigung und Spott, Koketterie und Stolz. Dann wieder nimmt die Erzählerin die Körpersprache der Hunde an und wackelt vor Aufbruchsfreude und Lebenslust wie diese »heftig mit dem Hintern (in der Hundesprache: ›Komm, lass uns spielen‹)«. Und doch, wir sahen es schon, hat die Vertrautheit der Gesten und unterstellten Gefühle ihre Grenzen.

Das Ineinandergreifen, auf sprachlicher wie auf inhaltlicher Ebene, von Menschenwelt und Tierwelt in dieser Erzählung wird derart forciert, dass wir Leser uns diesem Thema nicht entziehen können. Es ruft in uns unweigerlich Reaktionen verschiedenster Art hervor. Was wird damit bezweckt? Die ständigen Seitenblicke legen noch die direktesten Spuren, etwa wenn Takes vermutete Neigung zur Depression die Protagonistin an ihre Mutter in der gleichen Lebensphase erinnert. Da ist es erst einmal die hergestellte Augenhöhe zwischen Tier und Mensch, auch im Vergleich der Einstellungen zum nahenden Tod. Die Hündin, die ohne zu klagen oder zu rebellieren alles geschehen lässt, wird mit dem eigenen Vater kontrastiert, der sich dem unvermeidlichen Ende nicht stellen will. Die Erzählerin hält sich mit Wertungen meist zurück, sie beobachtet und überlässt es uns, ob und welche weitergehenden Schlüsse wir daraus ziehen möchten.

Dass das Tier noch radikalere Tabubrüche begeht als der Mensch – denn auch das Tier, so beobachtet die Erzählerin, kennt diese Grenzen –, irritiert und entsetzt sie an anderer Stelle, im Kapitel »Kotgeschichten«. Immerhin zeigt auch dies erst einmal, dass sie beide Spezies als gleichwertig ansieht.

Doch die Verschränkungen werden immer tollkühner. Menschen, die sich in Tiere verwandeln und umgekehrt, bevölkern die japanische Märchen- und Sagenwelt. Und so fügen sich diese literarischen Motive, die zugleich ein in der ostasiatischen Tradition verwurzeltes magisches Denken bezeugen, ins Erzählgewebe ein, beispielsweise über das Lied von der Füchsin in Menschengestalt Kuzunoha, mit der die Erzählerin sich schon im *Dornauszieher* in all ihrer unterdrückten Wut und ihrem Kummer identifizierte. Es wird allerdings nur sachte angetippt über die Kuzu- oder Pfeilwurz-Blätter, in die bei einem Spaziergang am Flussufer der Hundekot gewickelt wird. In den Episoden im Kapitel »Take ist hetero und sexistisch« werden die geheimen Verwandlungen und Anverwandlungen aber auch noch in Kalifornien in den Liebesbeziehungen zwischen Tier und Mensch beobachtet. So erfahren wir von M, dem »großen Weibchen-Verehrer«, dem Halter von Takes Mutter:

> M wurde von Takes Mutter hingebungsvoll geliebt. Sie wich ihm nicht von der Seite und ließ ihn nicht aus den Augen. »Sie ist für mich wie eine Ehefrau«, so stellte M sie den Leuten vor. Wenn sie vorgestellt wurde, zappelte die Hundemutter mit ihrem ganzen Körper und lehnte sich an das Bein ihres ehemannähnlichen Besitzers, während ihr ehemannähnlicher Besitzer mit einem zufriedenen Gesichtsausdruck die Brust des Hundes tätschelte.

Und weiter heißt es:

> Es wäre interessant gewesen, Take als das Kind vorzustellen, das aus dieser Beziehung hervorging, aber es hat leider nicht sollen sein. Er hatte ein Kind mit seiner menschlichen Frau, und sie wurde wieder läufig und verliebte sich in einen Kollegen. Sie arbeitete halbtags bei der Polizei und war in den Schäferhund des Chefs verliebt. Anders gesagt: Take ist ein Hund vom Kopf bis zu den Krallen.

Mit dampfender Ironie wird hier das Tiervokabular auf Menschen und das Menschenvokabular auf Tiere appliziert und verknäuelt die Verhältnisse. Nur um sie anschließend zur Betrachtung der eigenen Probleme mit dem Hund wieder aufzudröseln.

Was heißt »Hundeherz«?

Itōs Titelwort und Leitbegriff ist eine Zusammensetzung aus den Grundwörtern für »Hund« – *inu* – und »Herz« – *kokoro*, eine unübliche Wortverbindung, die aber umso einprägsamer ist. *Kokoro* hat im Japanischen einen ähnlich breiten Bedeutungshof wie »Herz« im Deutschen, es steht für Herz, Seele, Gemüt, das Inner(st)e, die (geheimen) Gedanken und Gefühle, die Stimmung, den Geist, das Denken, den Sinn, die Gesinnung, die Absicht, den Willen und den Wunsch. Einer der berühmtesten Romane der frühen japanischen Moderne, verfasst vom literarischen Großmeister Natsume Sōseki, führt den Titel *Kokoro*, und die deutsche Übersetzung behält wie die englische diesen Titel bei, während die französische Fassung *Le pauvre cœur des hommes* wie die italienische *Anima e Cuore* es mit zielsprachigen Entsprechungen versuchen. Unwillkürlich mag, wer mit moderner japanischer Literatur vertraut ist, im Hintergrund den auf menschliche Seelenabgründe zielenden Titel heraushören. Dass es hier aber nicht ums Menschen-, sondern ums Hundeherz geht, bringt etwas kategorisch Fremdes ins Spiel. Es zu thematisieren, es zum Reflexionsgegenstand zu machen, spricht ihm eine tiefere Bedeutung zu als etwa das Reden vom tierischen Instinkt oder genetischer Prägung. Das »Hundeherz« ist für Itō offenbar noch anderes und mehr, sie versucht seine individuellen Ausprägungen zu erfassen, seine Wirksamkeit, aber auch die Situationen, wo es in Widerstreit mit anderen, es überlagernden Orientierungen gerät.

Das Bemühen, durch genaue Beobachtung das Innenleben der Hunde zu erkennen, führt zum einen dazu, dass die einzelnen Hundepersönlichkeiten zum Vorschein kommen. Zu Beginn steht Take im Mittelpunkt, an der Schwelle zum hohen Alter, mit Rückblenden in frühere Phasen. Nach und nach lernen wir dann auch die anderen Hunde im Haus kennen, individuelle Unterschiede und eine gewisse Bandbreite auch beim »Hundeherz«, das offensichtlich mehr ist als bloßer Instinkt und Reflex in standardisierten Situationen, es ist Mindset, momentane Verfasstheit, bis hin zur Seele, also ein *kokoro* und gleicht insofern dem *kokoro* des Menschen, aber eben doch ein »Hundeherz«, das sich erst allmählich und letztlich nicht vollständig erschließt, dies wiederum analog zum Menschen. Man kann es sogar – durch ein Trauma, wie die Erzählerin vermutet – fast vollständig verlieren.

Die Hunde haben ganz andere Erinnerungsformen als die Menschen. Sie leben im Augenblick, sie scheinen zu vergessen, sobald sich die Szenerie wandelt. Nur um auf überraschende Weise ihre Erinnerung an Personen und Situationen noch nach Monaten und Jahren schlagartig wiederzubeleben. Immer wieder registriert die Erzählerin staunend Verhaltensweisen, die sie so nicht erwartet hatte, Zeichen dafür, dass das andere Wesen eben doch nicht so berechenbar und durchschaubar ist. Und sie lernt, sich selbst zu relativieren, indem sie ihre eigene Reaktion überdenkt und bisweilen revidiert. Ihr Ärger über die Unnachgiebigkeit und Fixierung auf den Ball bei Take, die keinem Befehl mehr gehorcht, geht über in ernüchtertes Nachdenken über die eigenen schiefen Erwartungen.

Noch stärker wird die Erzählerin am Ende vom Kapitel »Ein paar Kotgeschichten« gefordert, wo sie zugesteht, dass sie vielleicht auf den Gestank überreagierte. Aber sie fragt sich gleichwohl, weshalb der Verzehr von Kot für sie ein unüberwindliches Tabu darstellt. Das »Hundeherz« verlangt vom menschlichen Gegenüber Respekt und ist ein steter Hinweis, dass Nähe und Vertrautheit ihre Grenzen haben.

Sprachgefühl und Ekelfaktor

Von Ausscheidungen ist in diesem Buch ausgesprochen oft die Rede. Das bereitet sogar der Verfasserin selber etwas Sorgen. Sie fürchtet, womöglich nicht zu Unrecht, ihre Leserschaft damit abzustoßen. An einer Stelle spricht sie es direkt an:

> Ich befürchte, den Lesern wird es langsam unangenehm, dass hier immer wieder von Fäkalien die Rede ist. Das ist ein Thema, das viele Menschen nicht mögen, so viel ist klar. Vielleicht sollte ich als Untertitel hinzufügen: Nicht während des Essens lesen! Aber seien wir ehrlich, das Leben mit einem Hund dreht sich um Kacke. Rückblickend kann ich sagen, in den letzten 14 Jahren ist kein Tag vergangen, an dem ich nicht Takes Haufen gesehen oder durch die Haut einer Plastiktüte hindurch angefasst hätte. Nicht selten hatte ich aus verschiedenen Gründen ihren Kot sogar an meinen Händen. Jedenfalls öfter als meinen eigenen Kot!

Ein wichtiger Aspekt dabei ist die Wortwahl: sehr häufig wählt sie das Wort *unko*. Ursprünglich ein Wort der Kindersprache, ist es ein recht derbes Wort, wenn es von Erwachsenen gebraucht wird, es klingt nach Scheiße oder Kacke. Hinzu kommt, dass das Wort »Scheiße« im Deutschen als Fluchwort schon so abgenutzt erscheint, dass für die konkreten Geschichten, um die es bei ihr geht, Kacke das angemessenere zu sein scheint. Die Übersetzung variiert allerdings und verwendet auch Wörter wie »Haufen«, »Häufchen«, »Exkrement«, »Hinterlassenschaft« oder Ähnliches. An anderer Stelle erklärt die Verfasserin auch noch, welche sprachlichen Tabugrenzen sie selber zu überwinden hatte. Wie derb kann oder darf die Sprache sein?

Tabuwörter zu verwenden, stellt auch hier einen eindeutigen Tabubruch dar, auch wenn es in diesem »total verkoteten Text«, wie ihn die Erzählerin selber sieht, sich fast schon automatisiert. Doch die sprachliche Sensibilität wird nicht außer Kraft gesetzt, im Gegenteil, sie wird durch stilistische Vielfalt und ständige Brüche im Text stimuliert. Sprachlich sensibel sind sogar die teils zweisprachigen Hunde, deretwegen sich die Menschen Deckwörter ausdenken müssen, um nicht ständig Missverständnisse zu produzieren. Im Spiel mit verschiedensten Sprachregistern entfaltet die Verfasserin ihre literarische Meisterschaft. Es entsteht ein mehrspuriges Sprechen, etwa durch die in Klammern gesetzten kurzen Kommentare, die sich an die Leserschaft wenden. Beiseite gesprochene Bemerkungen wie »ist doch so!« oder »was, das machen Sie nicht«?, »wirklich?« oder »das stimmt!« verleihen den manchmal eher quälenden Schilderungen eine heitere Leichtigkeit und selbstironische Pointe. Lyrische Fetzen werden eingeschleust, etwa das berühmte Haiku der Dichterin Kaga no Chiyo (1703–1775) von der Trichter- oder Morgenwinde, die sich um den Schöpfeimer rankt, weshalb das Wasser beim Nachbarn geholt wird – ein Gedicht, das sich als emblematisch für japanische Natursensibilität und harmonisches Zusammenleben mit allen Wesen lesen lässt. Hier erscheint es ohne Ankündigung oder Hervorhebung, nahtlos in einem triumphierenden Passus zur geheimen Usurpation des Alltags durch die japanischen Frauen (nur in der Übersetzung wird das Haiku durch Kursivierung kenntlich gemacht):

> Und dann: mein Mann. Er glaubt, er sei der Patriarch, aber in Wirklichkeit ist er es nicht. Um ehrlich zu sein, dies war das Haus meines Mannes. Aber kaum hatte er mich in sein Haus geholt, vermehrten sich die asiatischen Frauen, die Hunde vermehrten sich, *eine Winde rankte sich um meinen Schöpfeimer, Wasser holte ich beim Nachbarn*, er geriet gendermäßig, kulturell und sprachlich in die Minderheit, und das bis heute.

Eine Epiphanie im Alltag mit Verweis auf ihre edozeitliche lyrische Urahnin – die Winde ist Jahreszeitenwort für »Herbst« – und ironisch-humorige zusätzliche Distanzierung aus dem Profanen.

Bei aller Durchlässigkeit der Artengrenzen in diesem Text stößt sich die Verfasserin doch zunächst an manchen eingeschliffenen Redeweisen, etwa wenn Hundehalter als »Mom« oder »Dad« ihrer Tiere bezeichnet werden.

> (…) ich wurde »Takes Mom« genannt. Das war mir nicht nur unangenehm, sondern ich war regelrecht schockiert. Ich konnte mich schließlich nicht daran erinnern, einen Hund geboren zu haben. Aber schnell hatte ich mich daran gewöhnt.

Von tierischen Sprechweisen war schon kurz die Rede. Dazu kann auch gehören, dass die Denkweisen des Hundes mit eindeutig religiösem Vokabular wiedergegeben werden, eine ganz und gar überraschende Grenzüberschreitung mit nicht nur ironischen Effekten. Take trennt kategorial das Innen und das Außen des Hauses, was besonders deutlich wird, als sie ihren Bruderhund auf keinen Fall im Inneren des Hauses duldet. Sie jagt ihn aus dem Tabubereich, wofür die Erzählerin den buddhistischen Terminus *kekkai* verwendet, nämlich den abgetrennten Bereich, wo sich nur die Mönche, nicht aber Laien aufhalten dürfen. Noch einmal wird dann das Wort aufgegriffen, um zu erklären, außerhalb des *kekkai* bedeute für Take einen Ort, »an dem ich pinkeln darf«.

Oder erinnern wir uns an die Schwierigkeiten, den wütenden Hund zu beruhigen, der den Nachbarn nicht leiden kann. Bevor dieser näherkommt, muss er das Tier erst mit dem »Ritual zur Seelenbesänftigung« beruhigen. Der in Klammern dahinter gesetzte Kommentar lautet: »Hundekekse«. Hier spielt die Autorin mit dem Wort 鎮魂 *chinkon* »Besänftigung der Totenseelen«, »der Seelenfriede der Verstorbenen«, dessen Bestandteile sie umdreht und, indem sie sie nicht sinojapanisch, sondern altjapanisch liest, womit sie den shintoistischen Kontext betont, vom Ritual des 魂鎮め *tama-shizume* spricht. Das Nebeneinander von Profanem und Heiligem erzeugt einen schreiend komischen Effekt. Ob es im Konzert mit anderen literarischen Kunstgriffen auch noch symbolische Aufladung erfährt, darüber mag man spekulieren.

Fest steht jedenfalls, dass in »Hundeherz« die Alltagsthematik, das Banale und Drastische, durch den Gebrauch der Sprache selbst transzendiert wird, es wird, auch durch die Rhythmen, die Klangspiele, Verdoppelungen und Wiederholungen, zur Literatur.

Stellvertretungen

Die Zuneigung und besondere Achtung für die Tiere basieren auch auf deren Leistungen für die Menschen. Alle Hunde sind auf ihre Weise Stellvertreter: Louis wird gedankt, dass er dem Vater wärmende, schwere Decke in den Nächten war, die einzige lebendige Nähe in der Einsamkeit, in Zeiten, als die Tochter nicht bei ihm sein konnte. Takes Stellvertretung funktioniert umgekehrt, sie nimmt alle Fürsorge und Pflege entgegen, die der ferne Vater missen muss: »Hier kümmere ich mich so liebevoll um den Hund, wie ich es eigentlich bei meinem alten Vater tun würde.« Meist erleben wir dies durch die Handlungen der Ich-Erzählerin, aber diese wird immer wieder von ihren Töchtern unterstützt. Und so heißt es auch von ihnen: »die Töchter kümmern sich um sie [Take], als ob sie eine Art Stellvertreter ihrer in der Ferne verstorbenen Großeltern wäre.«

Der Liebesdienst an dem Hund wirkt bisweilen wie eine Sühne für den Vater in der Ferne, besonders der fast zwanghafte, masochistisch wirkende Einsatz, auch noch die amerikanische Straße von bereits verwitternden Kotspuren zu reinigen.

Andererseits ist die Ich-Erzählerin ihren Eltern auch dankbar, dass sie ihre Pflicht, ihnen beim Verrichten der Notdurft beizustehen, nicht im Übermaß in Anspruch nahmen:

> Meine beiden Eltern haben am Ende zugelassen, dass ich das für sie tun durfte. Das war sehr gut. Ich hatte das Gefühl, so weit gegangen zu sein wie möglich, ich hatte es geschafft, ich hatte es überwunden.
>
> Allerdings, bei Ausscheidungen Hilfestellung zu leisten, ist auch merkwürdig. Schließlich ist es nichts, was einem Spaß macht. Ich bin also sehr dankbar, dass ich es nicht so oft tun musste.

Nur selten wird so deutlich ausgesprochen, welche Überwindung diese Akte kosteten. Zugleich aber wird die geradezu religiöse Dimension der Hilfestellungen sichtbar. Mit dem buddhistischen Terminus *kuyō* »Opfergaben darbringen«, gleichbedeutend mit der Feier oder Zeremonie, ist bereits ein frühes Kapitel des Buches überschrieben. Die Lehren von Karma und Vergeltung guter und böser Taten werden aufgerufen und finden durchaus auch in biblischen Sprüchen wie Matthäus 25,40 ihren Widerhall: »Was ihr getan habt einem von diesen meinen geringsten Brüdern, das habt ihr mir getan.« Die Erzählerin, die Dankbarkeit dafür empfindet, den Liebesdienst erweisen zu dürfen, fühlt sich selbst dadurch gestärkt.

Auch Katzen haben wichtige Aufgaben übernommen. Der jungen Ich-Erzählerin half die Katze Butchan, ihre »Wunden an Leib und Seele« zu heilen. Diese Katze besucht aber auch gern andere Häuser und kümmert sich damit um andere, indem sie geduldig deren Sorgen und Klagen anhört. Das wird erst offenbar, nachdem sie von einem Auto überfahren wurde. Später läuft ihnen die Katze Shiro – »Weißchen« zu, die aber eines Tages verschwindet und nicht mehr gefunden wird. Die Familie in Japan bricht auseinander, Itō zieht mit den Kindern zu einem neuen Mann in die Fremde. Für die älteren Töchter ist ihre jüngste Schwester, die in Amerika geborene Tome, die Reinkarnation von Shiro.

Letztendlich ist wohl das Schreiben selbst für die Verfasserin eine Art »Opfergabe« – stellvertretend für den direkten Einsatz am geliebten Menschen, mit aller Hingabe, die es verlangt, und in der Hoffnung auf eine Art Erlösung. Doch dem müssen wir nicht folgen, es ist ohnehin nur eine der möglichen Lesarten dieses ungewöhnlichen Buches. Stärker noch könnte sich der Eindruck von Freude und Trost in der Verbundenheit mit Natur und allem Lebenden, mit Organischem und Anorganischem, durchsetzen. In der überraschenden und beglückenden Überschreitung und Aufhebung der Grenzen zwischen Mensch und Tier findet er seinen Ausdruck. Am Ende des Kapitels »Die Katze, die Mutter und der Pitbull«, in der Bettgemeinschaft mit Sue, dem Hund ihres Schwiegersohns, ergibt sich für die Erzählerin eine neuartige Begegnung jenseits bekannter Kategorien:

»Beim Schlafen kam es mir vor, als umarmte ich ein anderes Wesen, keinen Hund. Ja, wir sind zwei Wesen, die sich zufällig in der Wildnis begegnet sind.«

Irmela Hijiya-Kirschnereit
Berlin, im Herbst 2023

Dieses Buch erscheint im Rahmen des Förderprogramms der Japan Foundation.

JAPANFOUNDATION

Erste Auflage Berlin 2024

Umschlaggestaltung: Dirk Lebahn, Berlin
Satz: Monika Grucza-Nápoles, Cartagena
Druck und Bindung: GGP Media GmbH, Pößneck
ISBN 978-3-7518-0966-5
www.matthes-seitz-berlin.de